我若 不勇敢
谁替我 坚强

之

梦想，需要勇敢一下

夏橙 等 著

文匯出版社

图书在版编目（CIP）数据

我若不勇敢，谁替我坚强之梦想，需要勇敢一下/夏橙等著.—上海：文汇出版社，2016.3
ISBN 978-7-5496-1658-9

Ⅰ.①我… Ⅱ.①夏… Ⅲ.①散文集—中国—当代 Ⅳ.①I267

中国版本图书馆CIP数据核字（2015）第302522号

我若不勇敢，谁替我坚强之梦想，需要勇敢一下

出 版 人 / 桂国强
作　　者 / 夏　橙　等
责任编辑 / 戴　铮
封面装帧 / 粉粉猫
出版发行 / 文汇出版社
　　　　　上海市威海路755号
　　　　　（邮政编码200041）
经　　销 / 全国新华书店
印刷装订 / 三河市金泰源印务有限公司
版　　次 / 2016年3月第1版
印　　次 / 2016年3月第1次印刷
开　　本 / 889×1194　1/32
字　　数 / 143千字
印　　张 / 7.5

ISBN 978-7-5496-1658-9
定　价 / 35.00元

无论你现在的处境如何，都不要失去梦想。

好的，请坚持；

坏的，请努力。

每一点的付出都有意义，

请坚信努力的人会有好运气，

肯付出就能冲破黑暗，

漫漫长夜后黎明终会抵达。

目录

001　心中有光

030　过程人生

045　"世界很美好，值得你为之奋斗"

066　生命中最难的，是你不懂自己

081　生活的样子

092　当我放过自己的时候

101　归去来

117　你的成长，无人可以代偿

迷茫就是才华配不上梦想　127

感谢你，没有选择放弃　133

不再让你孤单　145

真相在你手里吗　160

浪子　179

世界从来不美丽，但你可以让自己美丽　196

如果一个拥抱就可以原谅一切　202

每个人都会遇到坎坷和挫折，熬不过去就不配得到更好的未来，每个无比努力的日子都值得被记住。总有一天你会站在最高的地方，活成自己渴望的模样。

心中有光

陈亚豪/

我曾经想,
当一个人遭受很多挫折和
打击后是不是就会对人生彻底失望,
内心再也没有光芒。
可是后来我明白,
一个人,走过条条坎坷、道道荆棘,
承受原本不能承受之重,还能在心中洒满阳光,
这才是真正的成长。

一、十六岁时,我相信这个世界只要努力一切都会有希望,现在的我依然相信,即便很多人说这是幼稚的倔强

"我是一所普通大学的本科应届毕业生,在无数名校研究生和留学生中闯进多家国企、名企最终面试,两次被破格录取,公务员考试笔试成绩一百二十五分,入围后面试成绩第一名,拿到两个第一年十万年薪的工作,还有银行和上市公司管培生的工作。这半年受到过很多挫折,但还是咬着牙继续努力,如今总算有了回报。现在不再是他们选择我,而是我来选择他们。这次也不知道该说些什么能给你们力量,只是希望你们能相信自己、相信努力。十六岁时我相信这个世界只要努力一切都会有希望,现在的我依然相信。很多朋友说这是幼稚的倔强,我想我已经用事实证明给了你们。"

这是我曾在自己的人人网主页和微博上发过的一条状态,也是对结束了半年多苦逼求职之路的一个告别。还记得在苦苦

挣扎还是看不到未来的时候，我倔强地说我才不传播负能量，等我把所有的苦都变成甜的时候，再来吐一个超级无敌霹雳闪电华丽丽正能量到爆的槽。

我做到了。

我不要只在嘴上说说的人生，不管要付出多少汗水。

回想起那半年多确实过得很苦，很多次因为这个世界的光怪陆离，将自己的所有努力和汗水毁于一旦，很多次对自己失望和质疑。过去那些年所积攒的自信和自以为的才华被打击得体无完肤，很多时候甚至觉得自己一无是处，也有过想一个人偷偷抱起头痛哭一场的夜晚。

可是就像在最灰暗的时候我常对自己说的："所有的苦，有一天都会透出甜。前提是，你要先咬着牙吃尽这份苦。"后来的我吃尽了这份苦，也终于透出了甜。我为自己，也为平行世界的你验证了这句话。

这是之前一个很好的美国哥们儿，翻译的："Remember the bitterness you taste will one day melt away to sweetness. But if you don't take that second and third bite, how will you ever know?"

如今回想起这一路上的艰辛和挫败，是满满的感谢。

感谢痛苦，感谢迷茫，感谢失落，感谢伤害，感谢所有的不如意，感谢那些在黑暗中逆风前行的日子，因为人在快乐中是永远无法获得成长的。

我的朋友，刚刚翻开这一页的你。

人生最大的遗憾，是坚持了不该坚持的，而放弃了不该放弃的。既然选择了一条并不平坦的路，那么有权利选择，就应有勇气承受一切苦痛。记得在每一个沮丧、疲惫和不尽如人意的时刻，告诉自己再坚持一下，好人都会有好结局。如果不好，说明那还不是结局。

我知道，很多时候我们的努力看起来都像无用功，很多时候我们像被卡在了某个甬道中，动弹不得，很多时候无论我们如何拼搏，都被现实推向相反的方向。可我希望你知道，也许正是那些动弹不得的日子，正是那些被现实残酷打击的无奈，正是那些你所认为的无用功，才让你走到了今天。

成功永远不是一蹴而就的，是你在无数个黑夜里对这个世界绝望，第二天昂起头对着太阳微笑，依然相信终会有回报,你终会有一天爆发,只要你能忍住孤独,顶住失望继续前行。

十六岁时我相信这个世界只要努力,一切都会有希望,现在的我依然相信,即便很多人说这是幼稚的倔强,可我依然坚信。

请你,也一定要相信。

二、去建立自己的风格,拥有自己的光芒

(一)

在每一次求职面试的自我介绍中,我从没提过自己在大学的身份,校学生会副主席、舞蹈队队长、奖学金获得者、街舞比赛冠军、青年作者,这些我都没提过。身边朋友总教导我,你应该提这些,它们会给你直接加分,但我一直坚持自己的想法。我从内心不认为这些帽子会给我加分,能给我加分的是我从这些经历中所收获的体验与阅历,而这些东西我相信在我说的每一句话、每一个眼神、每一个举止中都会透露出来。面试的考官听过太多闪闪发光的荣誉和奖项,这个世上也存在太多比我们的帽子闪亮、比我们的荣誉耀眼的大神。

但一个人从心里喜欢你、认可你,绝不是因为你的那些身份与头衔,而是,你究竟是怎样的一个人。

所以在每次自我介绍时,别人都会花半数时间介绍自己大学和研究生时所获得的荣誉,而我只是用全部的时间真诚地讲述我是一个怎样的人,我所认为的自己身上的特质与优势,我的喜好,我的价值观。在讲述这些时,我所流露出的是最真挚的情绪,所用的是最自然的语言,我很自信,从来不会因为前边同学那些瞬间能吓尿人的荣誉而乱了阵脚,因为我在讲述的是我自己,是独属于我自己的经历,而不是在和任何人做比较。而那些考官经常会认真地倾听,随着我的话语或笑或点头,我从他们的眼神中可以读出他们在试图了解我、记住我。

记得在一次国企管培生的最终面试中,四个人一组一起面试,那天我是最后一个发言的人。前边的三个同学都是国内知名大学或留学回来的研究生,他们每个人的话语中都在强调自己学习生涯中的荣誉和传奇。轮到我时,我很诚恳地对各位考官说:"我只是一个来自普通大学的本科应届生,我的学历和前面的几位学长比起来逊色太多,但我有属于我自己的特质和优点,它们来自于我成长中经历过的每一件事。"讲的时候我几次觉得自己都不像是来面试的,因为我讲了很多我认为有趣的事和我被感动过的事,面试的老师甚至和我聊了起来,后来只有我被录用了。

我时常在提醒自己,你要成为的永远不是一个比谁更优秀的谁,而是你自己。

从上学开始,父母、长辈、老师所教导的都是我们要遵守纪律、努力学习,要听长辈的教导,要乖巧懂事,学习要争取名列前茅,争当班干部,做三好生,这样的方向贯穿了我们的成长道路。到了比较自由的大学,依然还是要学习好专业课,争当学生干部,无论爱与不爱。要积极入党,多参与学校活动,无论想与不想。成绩、奖学金、荣誉和资格证书,更高更好的学历,这些就是证明自己的最好凭证。

很多人不服,去抗争去叛逆,每天叫嚣哭喊着自己与别人不同,可最后还是无可奈何地殊途同归。我们就是在这样的环境下被影响和熏陶着,直到再没有一丝反抗的力气,失去了所有抵抗的勇气。我们逐渐认可只有达到那些标准才是优秀的,开始用这些统一的条条框框来要求自己。

不敢落下一步,不敢走错一步,我们都忘记了自己最初想要的是什么，忘记了自身的优势与特质，忘记了自己有着那与生俱来的独一无二的DNA。

可很多时候，我们自己都不知道为何要获得这些东西，只是单纯地为了跟随大家的统一步伐，潜意识里开始用那些统一标准来衡量自己和他人。

而在这样一个相同价值取向的追求过程中，很多人会慢慢走进一条死胡同，一条叫作"比谁更优秀的谁"的死胡同。路越走越窄，竞争越来越激烈，因为每个人都在朝同一个方向发展自己。

试想一个面试官听了一天相似的自我介绍，看了一天风格相近、优点类似的应聘者，当一个有着完全不同风格、闪烁着不同光芒的人出现在眼前，他会是怎样的心情？

这就像是看了一天帅气的超人，最后来了一个傻萌的绿巨人，你会喜欢上谁？

盲目和趋同地追求很可怕，它会耗光你所有的精力与时间，即便最后你收获果实，你也会在某一刻突然感到一片迷茫，因为你从不知道这些东西对你来说究竟有何意义。

如果真的喜欢，便去经历去追寻，因为这样你所获得的不只是那些白纸黑字的荣誉，还有在这过程中所获得的独属于自己的体验与阅历，而这些才会在日后成为你人生道路上的独特风景。可以叛逆，但不是盲目地叛逆；要与别人不同，但不是为了与别人不同而不同，而是挖掘自己的特质，建立自己的风格，找到自己身上的宝石。只有这样才能真正挣脱世俗的束缚，才能有方向地找到自己的不同。

（二）

当我们逐渐被这些社会价值下的身份、头衔束缚和禁锢，逐渐被这些世俗统一的追求所同化，就会忘记了自己是谁，忘记了自己究竟想成为谁，忘记了自己身上所有的特质与不同。

而那些我们追求的社会身份和头衔真的那么重要吗？我们忽略了这些身份都是随时可以被取代的，这些东西都是别人可以随时抢走的，只要出现一个能力比你强、关系比你硬的，这些身份和荣耀就会离你而去，你随时可能会被他人取代。

一位老师曾经对我说，在工作中，最重要的不是你多有能力多优秀，而是你不可替代。当你成为一个环境中不可替代的人时,才能保证自己的地位与价值,才能在这个环境中长久地生存下去。

而想成为一个不可替代的人,首先要做的就是成为自己,而不是成为比谁更好的谁。

这也是我在面试的自我介绍中,为何从不去和他人比较那些身份与头衔的原因。你的光芒不是来自你闪耀的身份和头衔,而是来自你通过追求和努力所获得的那份独属于你自己的体验和经历;通过学习和感悟所获得的独属于你的思想;通过磨砺和成长所获得的独属于你自己的修养和气质。

你的光芒,来自你究竟成为一个怎样的人。

我的朋友,这个世上总有比你优秀的人,但不会有和你相同的人。

我的偏执是什么,就是不要成为别人那样的人。

去建立自己的风格,把自己当成个人品牌来经营,创造自己的独特价值,为自己建立一个别人拿不走的身份,而不是社会价值下的头衔。你的风格、你的经历、你的思想、你身上的特质，这些就是独属于你自己的光芒，谁也抢不走，谁也比不掉。

当一个人效仿他人或与他人成为同类时，丢失的不仅仅是做自己的机会，还有他的特质、他的不同、他与生俱来的优势。一个人即便在同类中做到最好，在那些敢于做自己的人面前也会黯然无光。

我们来到这个世上是为了活出自己，而不是和任何人比较，更不是成为比谁更好的谁。

（三）

我最大的两个爱好是跳舞和写字，跳街舞已有六年时间。在每一个艺术行业中，无论是音乐、画画、舞蹈、写作，都很注重个人风格，很多人都在用一生的时间寻找属于自己的风格，模仿大师、模仿偶像，向不同的前辈讨教，都是为了最终形成自己的风格。

有一次和一位年过五十的美国街舞大师在课后聊天时，我向他请教关于个人风格的问题，因为他是用英语说的，所以翻译得可能不准确。

大概意思是："很多人都在努力地找寻风格，却不知道风格其实就藏在自己的内心。所谓最好的风格其实就是本身的个性，你只需要多了解自己，多与自己交流，最重要的一点就是接受和发展自己本身的特质，这就是你最好的风格。"

太过执着地靠学习他人寻找所谓的风格，只会将内心深处的自我越埋越深。

其实并不需要寻找，因为你本身就是最好的风格。

不知道把这个例子放在这里是否合适，其实不只是艺术，生活、工作、做人做事，我们磨炼自己的最终目的都是为了建立自己的风格。就像我们欣赏一个人，喜欢一个人，爱上一个人，很多时候就是因为他身上的特质与不同。这其实就是为人做事上的一种属于自己的风格。

但是我们行千里路，读万卷书，遇人无数，苦苦向他人学习，修炼自己的风格，最终却遗忘了我们自己本身就是最好的风格。

在公务员面试中，我取得了第一的成绩。之前参加面试辅导班时，老师说面试分三个层次。第一层是你没有经过任何训练本身所具有的水平，这个水平由于夹杂了很多个人的语言和举止风格，所以不稳定，可能会得分很高，也可能会得分很低。第二层是你经过专业的培训后所达到的一种稳定的水平，你很难出现失误，只要正常发挥，就会取得一个中上等的分数。但是如果想取得更高的分数，想靠面试成绩来弥补笔试分数的落后，一举翻盘，就要努力达到第三层。

第三层就是自我风格的突破。你要将所学到的规范知识和模板技巧，与自己原先具有的个人风格自然地融合到一起，如果做到这点，你在任何面试中都能让人眼前一亮，脱颖而出。

但是很多人为了求稳都停留在了第二层，没有勇气和胆量尝试自我风格的突破。更多的人是遗忘了自己与生俱来的特质，甚至摒弃了原先所具有的独属于自己的个人风格。

你是你自己，你独一无二，你无可替代，你流着的血、生来的基因、成长的心灵、经历过的一切，都是独属于你自己的宝藏，那是任何人都拿不走、抢不去、比不了的真正属于你自己的宝石。你要做的应该是继续挖掘和打磨它们，让它们发光发亮，而不是变得和别人越来越像。

成功的道路永远无法复制，我们需要不断地汲取别人的优点，看到自己的不足，但首先要学会认可自己、喜欢自己、接受自己。无论美丑,无论是机灵鬼还是小笨蛋,你都是你,独一无二的你。这个世上每个人实现梦想的方式都不一样,每个人都有着不同的法宝,但唯一相同的一定是喜欢自己、认可自己、相信自己。

建立自己的风格,拥有自己的光芒,而你自己其实就是最好的风格,你身上的所有特质与不同就是最闪耀的光芒。

在一个原本规定只招研究生的世界五百强企业求职时,我没有管他们的应聘条件,坚持投了自己的简历,可能是出于好奇,他们通知我参加了考试。经过一轮笔试三轮面试,最后留下的几个人大都是世界前一百名大学的留学研究生,只有我一个普通大学应届生,人力资源总监老师对我说,你很不一样,所以破格录取。

我一直相信一个人经历过的每一件事、读的每一本书都可以化为独属于自己的魅力和实力。你就是你,不必羡慕仰望别人,你身上拥有的宝石绝不会比别人的暗淡,只要你愿意发现,努力挖掘。

三、不要放弃每一次做自己的机会

从中学开始我就一直是一个很有争议的人。初中时逃课早恋，经常为朋友豁命打群架，仗着自己的小聪明，高中进了市重点，却开始专心跳舞，和朋友成立了当时高中生第一支街舞团体。到了大学，在完成所学课程之外，一边忙学生会事务一边忙跳舞，经常在外面的世界飘来飘去，一半的时间都在和社会上的人打交道，看自己想看的书，交自己喜欢的朋友，写自己的文字，每天沉浸在自己的生活中。

对于长辈的教导、老师的管教、世俗的成长观，我认可的便听，不认可的就把它们从耳朵里倒干净。我有自己的眼睛，有自己的思想，有自己的梦想，所以我相信自己有能力也有权利选择我自己的人生。

我不叛逆，只是在那个不应该成熟的年纪做了我认为对的事。倘若那时我就开始屈服于世俗的管教，以后怎么还会有勇气做自己？

我只是不想在年轻的时候放过每一次做自己的机会。

为什么说不要放弃每一次做自己的机会？我并不是单纯地怂恿你叛逆或追求个性，也不是想嘚瑟地告诉你执着地做自己的人生有多么痛快，而是因为当你做自己时，为自己的内心做出选择时，你所获得的体验和阅历都会在某一天成为你人生中无比珍贵的财富。

每个人都拥有自己的天赋。认为自己没有天赋的朋友,你一定要相信,你只是还没找到。

而对于每个人的特质与天赋,总是搭配着不同的特定情况和适合发挥的场合。

这个世上从来没有面面俱到、八面玲珑的人,他们只是找到了自己的特质和天赋,然后将其恰当地发挥在了最适合的场合与行业。

"天生我材必有用"不是一句盲目自信的空话,而是先认识到你身上的特点,然后发展自己的优势,最后将打磨成熟的特质放在最适合发挥的地方。

但是这个前提就是你要先认识自己、了解自己,知道自己具有什么特质。把自己当作一笔深埋于地下的宝藏,用不同的经历拂去埋藏你特质的世俗尘土,然后将它全部挖掘出来。

而做自己,就是认识自己,了解自己,挖掘自己的最好最快的道路。

当一个人勇敢地追寻自己喜欢的事物时，他会获得很多丰富的体验，他会比别人更快更深入地了解自己，会慢慢知道自己究竟是一个怎样的人。喜欢什么，不喜欢什么，适合什么，不适合什么，他会逐渐发现潜藏在自己身体内的宝石，然后找到自己的方向，确立自己的优势和风格。

在实践中认知自我，在实践中寻找自己的特质，你当然会比别人更先了解自己，找到自己的天赋。

这个世上也只有你自己，才能找到你的天赋并把它发挥出来。

但是如果你一直跟随着同龄人一致的步伐，走着与他们相似的人生轨迹，那么你就会失去独属于你自己的体验和感受。而当你一天天和他们吸收着相同的知识和价值观，逐渐成长为与他们有同一种风格和优势的人时，你就是在慢慢杀死你自己，杀死你所有的特质与潜在的优势。

追寻你自己想要的东西，重要的不是你追寻的是什么，不是你最终是否能获得，而是当你在追寻它们时，你所获得的那份独属于你自己的体验和经历，它们会在日后的某一天成为你赢得人生的最大筹码。

而今我最感谢的就是曾经自己的那些幼稚、倔强，如果没有那样，我可能还不知道自己是谁。

坚持做自己绝不是幼稚，也不是叛逆，而是一种睿智和成熟的倔强。

北大才女张泉灵在回校演讲时讲过这样一段话，大概意思是："你当初考大学时没有坚持选你自己真正喜欢的专业，你大学选的也不是你真正感兴趣的课，而是那些容易过的课程，你所选择的课外生活、社团、爱好有时也不是你喜欢的，只是为了让自己更加合群。你在青春的很多选择上都没有真正考虑过你想要什么，真正喜欢的是什么。

那么现在你凭什么抱怨过不上你想过的生活？凭什么苦闷自己没有成为想成为的人？"

先去勇敢地做自己，才能认识和挖掘自己。先成为自己，才能成就自己。

四、不要怕走错路，"你不会找到路，除非你敢于迷路"。

我经常告诉身边的朋友不要太在意年轻时做过的一些选

择。就像我们如今回想起过去的一切,总会有种不堪回首的感觉。人在回头看过去的自己时永远会感到傻气又幼稚,这是一个没有尽头的循环。通俗点说,成长本身就是一个不断感到自己傻气的过程。

而青春这个东西,不管你怎么过,严谨也好疯狂也好,认真也好随意也好,其实你都会一样把它过得乱七八糟。

所以我们应该在意的是,这些选择是否都出于自己的内心。无论是幼稚还是成熟,即便是那份乱七八糟,也要独属于你自己。因为无论结果如何,起码你都会甘之如饴,心甘情愿地承受和面对。

每个人年轻的时候都会做出很多荒唐和错误的事情,而那些看似让人后悔和自责的决定其实并没有一定的对错之分,它们就像成长中的必修课。人生中的很多事从来无法靠汲取前辈的经验来理解和学习,只有当自己真的经历一遍后才会恍然大悟,醍醐灌顶。

年轻时的选择从来没有绝对的对与错,因为只有经历之后你才会知道究竟什么是对什么是错。

你错得越多，成长得就越快；你伤得有多重，日后就会有多强壮。

人不能被同一块石头绊倒两次，也不能在同样的深渊里跌入两回，可你若没有被绊倒过一次，没有跌入过一次，你也不会获得独自爬起的能力。当你跌入过一次后，才会勇敢地告诉自己："再不需要搭救。"

而让我们庆幸可又常常忘记的是，我们还年轻。因为年轻，我们有足够的资本触底反弹。因为年轻，潮落之后，一定会有潮起。年轻的时候不吃点苦犯些错，日后可能会犯下不可挽回的错误，留下无法弥补的悔恨。这一切的错、一切的悔都是成长道路上无比珍贵的财富，而只有当我们经历后才可以将它们揣入囊中。

一件事情，无论会遇到多少困难，对结果有多大把握，这些并不重要。只要是你自己的选择，就不存在对错与后悔，关键是你有没有挣脱束缚的勇气，有没有走出这一步的决心。年轻时的我们，最怕的就是用四十岁的心过二十岁的生活，少了本该年轻气盛的魄力。不要在开始前踌躇满志又畏首畏尾，不要在中途一腔热血却又瞻前顾后，用力地踏出第一步，更用力地走完后面的每一步，那才应该是二十岁的你，那才是你应该拥有的青春。

从你不怕堕落的那一刻开始，天空就离你不远了。有时候，人只有先勇敢地跳下去，才能学会该如何飞翔。

"你不会找到路，除非你敢于迷路。"

趁你还年轻，不要怕走错路，你拥有走错路的资本，而你对所走错过的每一条路的懂得与领悟，日后都会化为你的王牌阅历。

五、"人生是一场表达，管他有没有掌声"

看到这儿，你心里可能会有这样的问题，你那么执着地做自己，没有过不被人理解的苦闷吗？没有遇到过别人的质疑和嘲讽吗？没有朋友因为觉得你不够合群而疏远你吗？

我知道每一个想得到答案的你，都是长久以来困惑于世俗的眼光，挣扎于是该追求自己的人生还是与大家打成一片。掏心窝子地说，我真的能够感同身受你的每一种矛盾与无奈的痛苦。

我曾被很多人不理解，现在也被很多人不理解。我受到过很多质疑，也听到过很多如刀片般的闲言碎语，也无可奈何地经历过朋友的疏远，并且很多次被深深地伤害过。

过去的我常常会因为这些苦闷至极不知所措，好在现在的自己已经基本上处于免疫状态。也没什么大道理，每次我都会跟自己说一句话：比你优秀的人是没时间理你的，说你长短的都是看着你的背影干着急的。

何况我没有那么多时间向别人解释我的生活，我还得忙着过我自己的人生呢。

我们都一样，总是喜欢报喜不报忧，所以别人看到的总是你光鲜亮丽的一面，不会知道你心里的苦闷迷茫与失落彷徨，也无法完全理解你的苦衷，明白你的人生。既然选择了一条昂起头、挺起胸、看起来毫不费力的道路，那就只管去非常努力。

如果你要的是剽悍的人生，那就无须解释。

每一个做自己的人都不可能被所有人理解，但每一个勇敢做自己的人都没法让人不欣赏。

"人生是一场表达，管他有没有掌声。"

六、心中有光的人，终会冲破一切黑暗和荆棘

每一个你，无论现在的你是否找到了一份心满意足的工作，无论现在的你是否还在为未来担忧和踌躇，我知道求职这一路上的每一种苦，我理解你正在经历或是未来可能会遭遇的每一份挫折与无奈。

我也懂得你心中那份苦不堪言却又不知该如何诉说，即便剖心置腹地倾诉，可对方又好像无论如何也无法懂得你的孤单与无助。

人长大后，都会逐渐感到或多或少的孤独，很多时候，我们与身边再亲密的朋友也只能是肉身的同行、心灵的独旅。

这个世上的确有感同身受，也真的有很多温暖的共鸣，但你不能渴望它，更不能依靠它。倘若你遇到，那是幸运，要珍惜，若没有，就去学会自感自受。

回想大三时的自己，还天真地以为大四的生活主调就是尽情享受大学最后的时光，去矫情、去伤感、去挥霍最后的青春。可是当大四真的来临时，当曾经以为那离我还很遥远的"生活压力"猝不及防地到来时，自己被现实狠狠地抽了一个嘴巴。你大四了，该为未来真正地奋斗了，该担负起你身上的责任和每一个爱你的人对你的期望了，是时候该站出来为你自己的人生负责了。

大四的你一定会经历一段人生的低潮和迷茫期。无论曾经的你在校园里有多么耀眼，无论过去的你有多么乐观，在生活和现实面前，你的那些耀眼和乐观都会脆弱得不堪一击。

我并非在以一个所谓过来人的姿态警示你，只是单纯地想和你分享我这点不多的经验。那半年我目睹了太多朋友倒在这段人生的低潮和迷茫期，很多人之前在校园里都是大牛一样的存在，可最后却失去了之前所有的自信，倒戈弃甲地对自己的未来匆匆了事。

可也有很多朋友，过去一直被周围的人看作是毫无理想、对人生没有追求的人，却触底反弹，爆发了过去所有人没有注意到的潜力。

他们都有一个共同点，就是即便深陷黑暗中的逆风，也要咬着牙继续前行；即便始终看不清未来，也要逼着自己继续向前走。

一个人的精神强大，只有在最苦闷和彷徨的时候才会彻底被激发出来。很多时候，真正支撑着一个人走到终点的不是他的聪颖，也不是他的才华，而是他骨子里的不服和倔强。

还有他心中的那一束光，那一束无论黑暗如何侵蚀，无论残酷如何剥夺，都摧毁不掉的光，那一束简单幼稚到只是因为相信自己、相信努力、相信终有回报而存在的光。

人生会经历很多不同时段的低谷，其实它们都没什么可怕的，也没有什么复杂的，更没有什么能让你寸步难行的。你不用小心翼翼地思索揣度该如何度过这段低谷，你只需要撑过去，只要不畏将来地继续走下去，终会抵达你想要的彼岸。有时生活很复杂，可有时人生真的很简单。

我知道当你踏入社会这潭浑水后，你会感到这个世界其实很复杂。富二代们从一出生可能就拥有你用一生的努力都无法抵达的起跑线，无论你再优秀，都会遇见一个比你更优秀的"爹"。我也知道随着不断成长，你会发现这个世界存在太多的不公平，你在那些黑幕和权力、金钱的交易下渺小得像一粒风中沙，你可能直到最后不知缘由地被淘汰时，都不曾见过竞争对手的真容。

你若问我有什么办法吗，我只能坦诚地告诉你，没有任何办法。

我能与你分享的只是我一直像个傻子似的告诉自己：所有的"不公平"从某种意义上来说其实都是失败者的搪塞与自我安慰，这个世上的大部分人一生中都会遇到很多不公平的待遇，可与其抱怨、悲愤、恨自己怀才不遇，不如告诉自己"努力，还要更努力"。

所有励志的宝典里无非都是坚持与不弃。这个世上真的会有奇迹，因为它是努力的另一个名字。

这世上有很多人通过背景、算计、谄媚、奉承、钩心斗角获得了成功。过去的我会鄙视、会憎恶，但是后来我只会轻蔑一笑，然后继续过自己的人生，不羡慕、不嫉妒、不憎恨。当我通过努力、隐忍、宽容、坚持，获得了同样甚至更好的荣耀时，便是为他们上了最好的一课，为这个世界照进了一道明亮的光芒。

我改变不了这个世界，但我能决定自己成为一个怎样的人。

没有伞的孩子，注定要在大雨中拼命奔跑，可没有伞的孩子，一定会跑得比所有人都快。

生活就是这样，总是猝不及防地打碎你心中最精彩的梦，可又会在你最灰暗时送给你一缕阳光。你终会在最深的绝望中，遇见最美丽的惊喜，只要你能顶得住磨难，学会在失意和绝望中继续微笑前行。

无论你有怎样无法言说的苦衷，无论你有怎样难以承受的痛楚，这个世上没有人会因为你的疲惫而停下来等你。既然还是要选择继续，那就不如赶快挺起胸抬起头，拍拍自己的脸，起身继续奔跑。

若放纵、若消沉、若逃避，无非数年后眼睁睁地看着自己成为自己曾经最瞧不起的那类人。

大学毕业前的我带着无知和倔强对父母说："我要靠自己闯未来。"父母笑着说："那你去闯好了。"那时很多朋友以为我会靠父母悠闲地得到一份送到手上的工作，我笑着说："我会向你们证明吹过的牛，我都会还给牛。"

考公务员时，很多老师告诉我很多岗位都是提前为某些人准备好的，如果关系不硬很难考上。参加一些国企管培生面试时，朋友告诉我，咱们这学校就是个普通本科学校，你到那里都不好意思提自己的学校。参加世界五百强企业的面试时，遇到很多各国知名大学的硕士留学生，他们都像对待一个弟弟般指导我该去什么样的单位求职，不要在这儿浪费精力和时间。

但我却是最后被录用的那一个。

我想用事实证明给你看，无论是不公平待遇还是黑幕操作，无论是条件制度还是规定准则，是阻挡不了努力奔跑的人的。我更希望你相信这个世界虽然没有那么美好，可也没那么糟糕，向着太阳奔跑，

它自会照耀你，别管阴霾，继续向前走，心中有光的人终会冲破一切黑暗和荆棘。

我曾经想，当一个人遭受很多挫折和打击后，是不是就会对人生彻底失望，内心再也没有光芒。

可是后来我明白，一个人，走过条条坎坷、道道荆棘，承受原本不能承受之重，还能在心中洒满阳光，这才是真正的成长。

"我想努力做一个像小太阳一样的人，即便做不到，也要努

力向着阳光的方向奔跑。迎着炽烈的阳光,虽然会刺眼,但那一定是对的方向;虽然会疲倦,但影子永远会被我甩在身后。"

每一个看到这一页的你:

心中有光的人,终会冲破一切黑暗和荆棘。

过程人生

/ 羊乃书

一个男人愿意娶你,是他能给的最高犒赏。
现在她得到了,却发现,
人生并不只是因为秦朗而存在。
她要找回自我,找回自由,
她还有旺盛的生命力要燃烧,
要回到天地之中,做蓬勃生长的野草。
生活暗藏的诸多可能性,等待着她去一一揭晓。

大学宿舍分院落,每个院六个单元楼,我住三单元,小珍珠住六单元。

上大学以前,小珍珠有个谈了三年的男友,有钱、有貌、有身高。他俩交往的事,全校皆知。高一军训的时候,俩人在食堂吃饭,擦肩而过,四目相交,第二天就在一起了。小珍珠和他相貌很是般配,说到学习成绩,便一个天上一个地下。

转眼临到高考,男生的成绩依旧稳坐班里倒数第一,教导主任三番五次谈话,请家长请了好多回,仍旧不见起色,小珍珠急了。

"你这成绩怎么考大学啊?""天生不是念书的料。"男生心不在焉,双手在裤子的前后兜来回换。"那你以后打算做什么?""开酒吧。"

那年小珍珠十八岁,想法还相当不成熟。她坚信,开酒吧是个极不靠谱儿且自甘堕落的决定,那里常年聚集着一帮乌合之众,酗酒、嫖娼、吸毒,人品碎成渣。女人混迹于霓虹闪烁中,结局多半是哭哭啼啼地诉说自己的不幸。

志不同道不合,于是各奔前程。人人都以为小珍珠理应被宠着惯着,在恋爱里做一个骄傲的公主。而事实却是,小珍珠付出的远远多过对方。

男生不是本地人,高中的时候,一到放假两人便异地。小珍珠为了给对方惊喜,握着在奶茶店打工赚来的辛苦钱,买了硬座火车票,坐二十个小时去看他。

暑期是穷学生们出游的高峰期,车厢里人挤人,站着的坐着的,都被强力胶水固定住了似的,粘在原地动弹不得。长镜头里,小珍珠又困又睡不着,只得强撑着,呆呆地看着窗外由白转黑,再转白。空气闷热得紧,才一天不到,脖子后面就捂出了痱子。她不得不把齐腰的长发扎成马尾,束得高高的。

她早已熟知沿途每一个站名,串在一起,能变成一首朗朗上口的童谣。她乍然灵光一现,不如把婚礼的请帖做成火车票?想到这儿,小珍珠的脸上显现出一种超离车厢沉闷的雀跃,像是知晓了某个他人窥不透的秘密,死死摁在心里,又按捺不住想要大声说给全世界听的心情。

列车终于驶入终点站,她挪了挪被卡在人群缝隙中发麻的双腿,摸了摸坠涨不已的腿肚,强撑着站起来,从行李架上取下背包,一瘸一拐地下了车。

分手之后,她很长时间没再考虑找对象的事。为了赶在夏天到来之前,练出玲珑的身体曲线,小珍珠每天晚上都拉着我一起去体育场跑步。

"你见过秦朗吗?""谁啊?"秦朗比小珍珠大一级,广告专业,除了平面设计水准一流以外,摄影和导演片子的才能也都很出众,名气不小。她这么一问,我就知道,这事多半有下文。

不出所料,秦朗那时刚跟上一任女朋友分手,小珍珠出现的时机绝佳。她从秦朗的朋友那儿要来他的电话,短信来短信去,没过多久,喜讯便传来。

虽然是确立了关系,但秦朗始终不冷不热,聚会也不带她,跟哥们儿玩到深更半夜也不提前知会。最可笑的是,他隔周要去外地,朋友们都知道了,小珍珠前一天才听他朋友说起。

明明最切近，却感觉最遥远。显然，秦朗并没有真正从心底接纳小珍珠，小珍珠找他谈了两次，结果也不过是左耳进、右耳出，什么变化也没有。

很多人慕名来找秦朗拍艺术照，他就当作一项赚钱的副业，发展得如火如荼，当中不乏貌美的姑娘。有时在学校的咖啡馆修片，小珍珠就在旁边安静地坐着，里面有一个女生，她一眼就觉得跟其他人都不一样。女人的第六感很可怕，来得莫名其妙，准得一塌糊涂。

她小心地问："这女孩儿是谁啊？""雅蒂，法学院的。"秦朗回答得倒挺大方，"是我很好的朋友，下次有机会带你一起去见见她。"

人们总说文人相轻，其实哪止文人相轻，同类、同行之间都相轻，漂亮的姑娘之间也一样。尤其是那种流于表面的社交场合，虚伪客套得令人发指。小珍珠和雅蒂明明没见过面，但她跟着秦朗走进饭店的时候，还没等秦朗来介绍，雅蒂便走上前来，一口一个"小珍珠"，挽过她的手，聊东聊西，像熟识多年的朋友。

说实话，小珍珠打心眼儿里不喜欢她，雅蒂也压根儿没从心底里正眼瞧过小珍珠，但在做足表面功夫上，两人却有着一致的默契。

一桌人都是秦朗的朋友，听谈话的内容，似乎如他所言，都是认识多年的铁哥们儿、姐们儿。但小珍珠已经不是那个单纯到以为开酒吧就等于自甘堕落的女孩儿了，她早就托朋友从外围帮她打探秦朗和雅蒂的情况。

欢声笑语间，"嘀嘀"，手机响了："他俩有过一段暧昧的旧情。"小珍珠摁下了"删除"，抬头微笑地注视着这场热闹的觥筹交错。

集体澡堂总是有很多半吊子歌手，扯着嗓门儿不着调地嚎叫，当天晚上随机播放的歌曲是《分手快乐》。除了能从歌词听出原作的痕迹之外，整首歌完全被重新谱了曲，我在旁边乐不可支，小珍珠一声不响。我搞怪地把浴球上的泡泡，抹了两道在她脸上，才从昏黄的灯光里看见她红得像兔子一样的眼睛。

"怎么了？！"她先是无声地抽泣，然后慢慢，慢慢，那股悲伤从心底里山洪般全部涌出来，释放在肆无忌惮的大哭里："我跟秦朗分手了！"莲蓬头的水哗啦啦从小珍珠头顶倾泻而下，冲刷着她积攒的所有委屈与不甘，源源不断。

鱼在水里哭，树在雨里哭。分手是小珍珠提的，感受不到真心的爱就像过期食物一样，应该不吝惜地扔进垃圾桶。尽管心疼为它付的钱，可吃下去不仅没营养，还会坏了身体。

小珍珠发自内心地喜欢秦朗，喜欢到可以不计较他的任何过去和花边新闻，我是能感觉到的。她对秦朗充满落拓流浪气质的外形和创意频出的作品，都是近乎崇拜地欣赏。秦朗是新疆人，她甚至爱上了吃大盘鸡、酿皮子、胡辣汤，还学会了好多俚语，里面使用得最熟练的是"求子的"，意思是"很、非常"，"辣求子的，啧啧""热求子的，呼呼""高兴求子的，哈哈哈"。

但有什么办法，又不是任何喜欢的东西，都能据为己有。追小珍珠的人前仆后继，有的拿着送她的东西，在宿舍外死守十个小时；有的用长篇情书，不懈怠地狂轰滥炸；有的专门为她写歌作画，她一概无动于衷。

她学的专业是影视编导，跟秦朗擅长之事有所重叠。秦朗闪耀的光环此刻成了她发愤学习的无穷动力，每天泡在从图书馆借来的一堆书和各种软件机器中，与世隔绝，什么聚会都不参加。

一年时间，小珍珠进步神速，她拍摄了一部微电影，预算有限，请不起演员，连我都去帮衬着演了个路人甲。剧组一帮人，摄像灯光场务道具也不能让人家白出力，就觍着脸去校外拉赞助，好不容易把工钱给付了，临到放映分文不剩，连放映时的入场券都是她三天三夜手工画出来的。但电影反响热烈，在圈内取得了不小的轰动。

秦朗主动来找她复合，言辞恳切地反省过去的斑斑劣迹，赔了一万个不是。小珍珠听完全身汗涔涔的，反复踩躏着手中握着的那团面纸。

你特别想要一样东西的时候，售货员往往不那么在意。反正她早摸清楚，无论怎样，贵或便宜，你都要妥妥拿下。若是你试着流露出一点儿不想要的神色，看她猴儿急的样儿，恨不能给你翻跟斗、拿大顶、托马斯全旋接劈叉，使出浑身解数，让你赶紧秀出银行卡，说"给我包起来"。

那时，秦朗已经快毕业，四处找工作，俩人住在一起。小珍珠在家经营着一日三餐，把房间布置得温馨美好。

她缓慢而精心地在家居店里挑出一件一件风格适宜的桌布、杯垫、碗盘、台灯、靠枕，让冰冷的房间温情重重。去花鸟市场逛了一整天，在狭窄的阳台一角，用竹篱笆围起一圈花花草草。饭桌上的圆形玻璃鱼缸里,也多了两条俏皮的金鱼。虽然它们长得并不好看,但金鱼店的老板说,这种鱼叫"龙睛珍珠",小珍珠觉得跟她名字合拍,一定能养得顺手。

背着秦朗,她悄悄搜集来他最得意的作品,全部冲印出来,摆在家中每一处显眼的位置。她迫不及待地,要让秦朗的才华,弥漫每个不起眼儿的角落。

难以想象,宿舍个人卫生一团糟的小珍珠掌握着如此丰沛的生活技能,被子和过季衣物整齐叠放在衣柜上面;当季的外套,笔挺平展地,按厚薄程度排着队垂挂着;衣柜没有抽屉,她就自己手工制作了两个收纳盒,内衣、袜子、皮带、领带分门别类,搁在一小格一小格里头,像等待首长检阅的方阵。

可别忘了,过去每次约饭的时候,我都会提前二十分钟接到小珍珠蜷缩在被窝儿里发来的甜美语音,让我去她宿舍的阳台取下晾晒的内衣内裤,亲自送到她跟前,原因无他,衣柜里的存货已经耗尽。

女主人的心思像绵密的针脚,落在房间的每一个细节。挂钟的位置,拖鞋的样式,厨房的配备,床单的花色,她把秦朗的日程,用彩色粉笔写在门廊的小黑板上,提醒着他每一项重要的工作。

心安处，租来的房子也是家。秦朗每天向她倾诉求职的迷茫辛酸，小珍珠就支着下巴，眨着忽闪忽闪的大眼睛，听他把满肚子苦水倒得一干二净。

有次在学校附近的家乐福碰到小珍珠，她推着购物车，娴熟地穿梭在货架之间。见到我说的第一句话竟是："刚才秦朗打电话来说面试成功了，我要做几个菜好好给他补补。"笑容从嘴角延伸出去，甜得比奶油蛋糕还腻人。

"哎，这种冷冻虾仁又贵又不好，上次我家亲戚送来的那个新鲜的，才是弹牙又鲜嫩！""对了，要买几种杂粮回去，早晨磨五谷豆浆。""山药和南瓜都是碱性的，对于调节体内酸碱平衡很有好处。"她做的大盘鸡已经荣升为秦朗最爱吃的菜了，浓香油亮的红汤底，鸡肉鲜嫩，土豆炖得极软，入口即化，好吃到竟然使他遗忘了母亲的手艺。

三年后，小珍珠在朋友圈里发了一张图，隐晦地表示自己重回单身。我赶紧打电话过去，是忙音。三年，同居，去过对方的家，见过父母，没有任何征兆地突然分手，她还没来得及删掉以前的照片，秦朗带她去过一次新疆。

盛夏时节，天蓝得不可思议，远处的雪山之巅反射出耀眼的光亮，一群马儿在阳光下喷着响鼻，悠闲地甩着马鬃。小珍珠脱掉鞋子，撒开纯白长裙，奔跑在盛夏的草坡上，呼吸畅快极了。秦朗在身后轻柔地唤着她的名字，小珍珠回过头，嫣然一笑，镜头之后，是秦朗满怀爱意的眼。她彻底决定分开的那一刻，是秦朗跟她求婚。

在朋友别墅的户外花园，秦朗的求婚设计得跟他的作品一样惊艳。草地上投影着星光，杯中盛着月亮，一条如水般澄澈的道路，将小珍珠接引向他的爱。他们曾在新疆的荒郊野外与银河不期而遇，无数微小的恒星与星际尘埃，汇聚成那一道掠过头顶的明亮壮观，天幕每分每秒都在变幻，仿佛是整个宇宙为他们两人特别加映的午夜电影。

自然的壮美，只在这人迹罕至之处，才自由地释放。她踩着秦朗的肩，攀上越野车的车顶，张开双手拥抱着、惊叹着这浩瀚的灿烂。秦朗低头深情一吻，她勾住他的脖颈，沉醉、徜徉在无边的浪漫之中。

单膝跪地，呈上戒指的那一刻，小珍珠颤抖着。秦朗以为那是她过于激动所致，于是静静地等待着，她说出那三个字。小珍珠的确说出了三个字："对、不、起。"她捂着嘴，打碎了那一杯月光，踏过星星，落荒而逃。

某次，小珍珠在家打扫卫生的时候，打开秦朗书桌的抽屉发现一摞信件。她没有拆开，只是看见收信人是已经去英国留学的雅蒂。什么年代了，秦朗和雅蒂竟然还保持如此古老的通信方式，跨越着时差和大洲，你来我往，互诉衷肠。

当天晚上，秦朗回到家中，便觉得气氛凝重。小珍珠阴着脸从下午四点忙到六点，端上两荤一素，回锅肉、萝卜炖牛筋、白灼芥蓝，瓦罐里煨着鸽子汤，咕咕冒泡，香气在屋子里游荡浮沉。

回锅肉是秦朗最近饭桌上的新宠，郫县豆瓣提味增色，他胃口大开，吃完一碗，又另添了一碗。小珍珠面前的饭，吃到三分之一，怎么也咽不下去了。她把筷子往桌上一拍："秦朗，那些信，是怎么回事？""你是说？""不要问我。""我们只是很好的朋友。""很好？很好有多好？好到旧情未了？好到鸿雁传书？"桌子底下的手，攥成了拳头，她在用力抑制住夺眶而出的眼泪。

秦朗无言，满桌的菜和小珍珠的心，都凉了半截。小珍珠最终拒绝秦朗的求婚，心理格外复杂。当中有雅蒂的因素没错，但求婚的瞬间，她并未像别人一样感到心潮澎湃、热血沸腾，反倒像被一盆凉水从头浇到脚。她突然醒悟，自己怎会就此跌入琐碎的日常,步入婚姻,在操劳不完的家事和厨房里浪费掉昂贵的青春。

她曾因为秦朗,理解了生活的温暖,小火慢炖,大火快炒,她是如此用心地,在炉灶边烹饪出一道道佳肴,治愈着一身疲惫的秦朗。一个男人愿意娶你,是他能给的最高犒赏。现在她得到了,却发现,人生并不只是因为秦朗而存在。她要找回自我,找回自由,她还有旺盛的生命力要燃烧,要回到天地之中,做蓬勃生长的野草。生活暗藏的诸多可能性,等待着她去一一揭晓。

她马不停蹄地申请了学校去台湾的交换生项目,回来以后,去了央视实习,在一档收视率很高的节目里做编导,干得有声有色。

她注销了所有的社交账号,沉入现实的海底,挤地铁,吃盒饭,跟别人合租一间不大的屋子。在人来人往的街头,听着耳边那些喧哗的声音,心里异常平静。

如果人这辈子必须不计代价地爱一次,小珍珠花了一半在高中,另一半给了秦朗。也许因为她太过投入耽溺,比别的姑娘多走了一段路,晚了一步出发。但成长急不得,得自己慢慢熟。心上多了道伤口,但人生却更宽广了。

离开秦朗以后,她特意去了一趟初恋男友的酒吧。五年多了,酒吧已是远近闻名。驻唱从早期七八流的跑场小歌星,变成发片歌手。小珍珠并没有提前知会他,推开门,独自走进去,在吧台要了一杯长岛冰茶。迷离灯光,魅惑旋律,人与人之间的距离被瞬间浓缩,高频度的来往,不停地被搭讪、搭讪,一杯酒换一个故事。她并不理会周遭,沉浸在自己的世界中。

当初因为他一意孤行,要开这家酒吧,两人分道扬镳,各走各路。如今酒吧终成气候,他晋升老板,而她,似乎又回到原点,孑然一身,一无所有。

但她此行前来,并非暗自神伤,或徒生羡慕。她只是想来看看,他当初是多么笃定,明确着自己要做的事,并让它落地生根,开花结果。

回家整理旧物时翻出了从前的手机,样式老套,颜色败落,一时心血来潮充上电开了机,竟还有旧时的简讯。翻出来一条一条地看,内心阵阵感慨。初始的试探,热恋的疯狂,末尾的冷淡。多年的感情,早已不在心上,却还在废弃的手机里。但内心不爱了,不痛了,也不恨了。她甚至感念,这段年少时光的见证。

小珍珠提着行李,坐在北上的火车里,不间断的隧道去了又来，光明明暗暗，打在她脸上。因为独行的缘故，她坐在过道边，不发一言，像部只有配乐没有对白的默片。

这几年来，她都习惯了把头发烫成漂亮的波浪，整理得一丝不苟、层次分明，每一个卷的弧度都恰到好处。而此刻，她又用朴素的黑色皮筋将头发高高地束在了脑后，像未谙世事的少女一样，清爽利落。她走下火车，站在汹涌人潮中，像株亭亭玉立的百合，然后头也不回，大步流星地走向了真正属于她的人生。

全身而退，坐拥整个世界。一切都有过程，而一切都是过程。

"世界很美好,值得你为之奋斗"

陈亚豪/

致每一个曾因为这个世界感到迷茫,
因为这个世界差一点儿放弃自己的你。

小学二年级时,有天我穿了一双新鞋来上学。鞋子不贵,只因为是一双新鞋,所以显得很光鲜。小的时候,我们很容易满足,因为一件新衣服,一个新玩具,老师和叔叔阿姨们的一个微笑,就会感到心里甜甜的,觉得树很绿、天很蓝,这个世界真美好。

同桌是一个小女孩儿,那天她穿着一双很旧的白色网球鞋,鞋子上布满了污渍和灰尘,这双鞋从我坐在她旁边时她便一直没换过,来到教室的时候她看着我脚下的鞋对我说,鞋子真好看。下课时一些小伙伴来看我的新鞋子,我心里开心又骄傲。可我注意到同桌的小女孩儿一整天总是在把自己的脚往椅子后面缩,她显得很不自在。

晚上回到家,我把鞋子脱下来对妈妈说:"这双鞋我不穿了,有点儿挤脚。"妈妈诧异地过来问我:"怎么会挤脚呢?你今天早上穿的时候不是很合适吗?"我把鞋子踢一边:"就是不合脚,明天我要穿那双旧球鞋。"妈妈拗不过,也没再说什么。

晚上我跑到妈妈身边问:"为什么我有新鞋子,可同桌的小女孩儿总是穿同一双鞋?"

妈妈豁然开朗地看着我,好像明白了我的小心思,摸了摸我的头:"这个世界就是这样,有很多人有你没有的东西,也有很多人没有你有的东西。"

我一下很伤感。"这个世界真差劲儿!"我冷冷地说。

妈妈问:"那你想些做什么呢?"

"我想做一个好孩子,起码给这个差劲儿的世界带去一点点美好。"

"谢谢你。"妈妈突然很认真地对我说。

一晃十多年过去了,如今我才知道当时那个小屁孩儿的自己吹了一个多大的牛皮,也明白了妈妈那句认真的谢谢。

童年和少年时代,我们都生活在一个小小的世界,那个小小的世界里总是快乐大于悲伤，因为天真的我们总是能第一时间感知到快乐，单纯的我们总是自然地过滤和忘记那些不快乐。而外面那个大大的世界，那个阴暗、现实、复杂、光怪陆离的世界好像总与我们毫不相关，遥不可及。

我们曾经都相信过这个世界很美好，即便看到新闻里说那些非洲的孩子们每天光溜着身子饿得像一根树枝，即便看到邻居家的孩子每天都穿着亮丽的新衣服，用着最精美的文具。因为不公平和现实这个东西，往往只有真正砸到自己身上我们才会切肤地感受到它的疼痛。因为不谙世事的我们，心里总隐约怀有一个信念，我可以靠自己的努力获得自己想要的。好像只要有梦和汗水，我们就可以拥抱全世界。

可是这个世界究竟是什么样子，如今我们的心里都已经有了一份自己的答案，一份和过去不同的答案。

长大后的我们都无法逃避这个世界一次又一次的中伤，它总要摧枯拉朽般地打破我们曾经相信的所有美好，以不可抗拒的力量推翻我们过去所有倔强的信仰。然后，重建我们对人生和这个世界的价值观。很多人，重建之后的价值观都被阴暗和现实占领得片甲不留。我们无奈，失落，彷徨，我们不敢直面，更不知该如何反抗。

上周一个学弟给我打来电话，话音里带着一丝哭腔："哥，我实习转正被淘汰了。被录用的全是有背景的，我们这些人就是当炮灰的，做牛做马地干了半年，结果就是给人家当廉价劳动力，给那些二代当垫脚石，这个社会太黑暗了。"

我脑子一蒙，一时不知该如何安慰他，手头上又有事要忙，只能在电话这头做一个认真的倾听者。

后来他在电话里一直重复着"这个社会太现实了，我不想再像以前一样去拼了，结果都他妈是一样"，挂电话的时候他的声音已经有些歇斯底里。

上个月网上有一篇传得很火的帖子《寒门再难出贵子》，内容是一个年过中旬的人在尝尽社会辛酸后的一番感慨，五万字的内容，就是用自己看到过的不同事例来阐述一件事，这个社会是由无数种残酷和现实编织而成的，一个家境一般、身无背景的青年最终都会被打击得一无是处，大多的结局就是向命运和现实低头，做好成为一辈子小人物的准备，然后生活在对二代们的羡慕和自己惨淡人生的唏嘘中。

一些读者和朋友在网上@我这篇文章，问我看完之后的想法，我一直没有回应。

我知道他们是想从我这里得到一些不一样的答案，比如这个世界并没有那么糟糕，这个社会还没有现实到一无是处；比如只要拼尽全力，我们还是可以像年少时坚信的那般，拥抱自己的未来。

我知道，他们只是想给自己找一点儿这个世界还值得我们奋斗下去的理由。

可我不想像那些青春励志文章作者一样，挥手写上一两句充满爱的话语让你再次对这个世界寄予无限期望。那些短暂的鸡血言语经不起探究，更抵挡不住现实的冲击。

这个世界美好吗？远远不够美好。这个世界很现实吗？非常现实。

即将大学毕业的那段时间就像是现实和美好的分水岭，仿佛身边每天都在上演着血淋淋的电视剧，现实得一刀刀戳进心里。同宿舍的W，四年里从不敢落下一节课，每天小心翼翼全力以赴地学习、成长自己，生怕因为一时懒惰葬送了未来，可结果只找到了一份得过且过的工作：廉价的劳动力，底层的工作环境，交了房租后连饭钱都要精打细算，每天扛着疲惫的身躯回来，为了面子，又好像是安慰自己似的笑着说"其实还不错"。

而同宿舍的G，挥霍了全部四年时光的人，除了泡在不同的游戏里就是躺床上睡觉，却早早靠家里的条件定下了一份优越的工作，无忧无虑地拥抱着自己光鲜的未来。

W有天喝多回来，搂着我哭了很久，他看着我说："我以前总热血地告诉自己，毫不费力的背后一定是非常努力；可现实告诉你，毫不费力的背后也许就是毫不费力。"

当这讽刺现实的一幕就发生在自己的眼前时，我们谁都无法再像年少时那般对这个世界充满热爱和希望，逐渐走出那个年少时小小世界的你，一定也亲眼看见过身边这些现实的一幕幕，也许比我看到的还要残酷，还要让人对这个世界感到茫然。

可这不过是刚刚拉开序幕而已，当我们还在感叹他人的人生时，自己也早已在不知不觉中被一把拽入了这部叫作现实的影剧，充当着下一个被这个世界中伤的角色，而后你经历过的和即将要经历的，也许远远要比这些残忍得多。

就像我在文章前面写的，曾经我们都以为那个现实和残酷的世界还离自己还很远很远，可当有一天它就发生在眼前，当它真的猛地砸到自己身上时我们才知道它有多痛，才知道在它面前自己渺小得有多么不堪一击。

很多人，就是从一出生就拥有你用一生的努力都无法抵达的起跑线，无论你再拼命，再怎么优秀，都会遇见一个比你更优秀的人。这个世界，有太多赤裸裸的不公平，那些黑幕下的权力、金钱的交易，那些靠背景、算计、虚与委蛇获得成功的人就这样不加遮掩地在一旁得意地看着你。

你一直行走在太阳下，他们一直活在阴影中，可最后他们却拥抱了太阳，而你被一脚踢进了黑暗的角落。

靠梦想和汗水，真的能拥抱未来吗？你咬着牙告诉自己，能。可心里却一遍又一遍地盘问着自己，真的能吗？

这个世界对我们，有时残酷得太过直白。

我把这些话写在前面，并不是想像那些所谓的过来人来告诉你这个世界的真实面目，让你提早放下那些幼稚的梦想。

只是长大后的我们，已经和即将踏入社会、第一次走进这个世界的我们，都要先有勇气直面所有的黑暗和现实。

如果还像年少时那般坚信这个世界充满爱和希望，只会让不够强大的自己越来越脆弱，那些热血青春文章就像一杯速效的鸡血，喝多了就会变成自我麻痹的毒药，让人沉浸在自己勾画的美好未来中，逐渐失去了正视黑暗和现实的勇气，更何谈拥有与它们抗衡的力量。

也许我们都做不到看清这世界然后继续热爱它，但我们起码能做到不躲闪，不逃避，去接受它的所有不美好，然后再去寻找与它抗衡的力量。

我知道每一次你经历那些现实和残酷时心中的痛苦和无助，有时候简直觉得自己是这世界的一个弃儿。可是悲伤、失落、痛哭，这些其实都是好事，因为你还没有麻木，你的内心还在挣扎和想要抵抗，你的内心深处还没有被黑暗侵蚀。如果有一天你遭受着不公平的迫害，看到这世间妖怪横行，心中却再无波澜，这才是最可悲的。疼和痛，都证明我们还活着。

很多朋友和读者都曾向我倾诉、抱怨过，这个社会是多么现实，生活是多么残酷，人心是多么险恶，这个世界太黑暗了，完全不是曾经以为的样子，我不想再努力了，就算去努力又能怎样。

现在，我想和阅读这篇文章的你，和所有向我倾诉抱怨过的朋友、读者，真诚地谈谈我的内心是如何与这个世界相处的，也许仍然不能给你们的迷茫带来解脱，但希望你们依然能去寻找自己继续下去的理由，只要还在挣扎，还没有妥协已经足够。

和每一个你一样，我也曾对这个世界厌恶憎恨，甚至感到绝望。那个年少时所有老师和长辈告诉我们充满希望和爱，只要靠努力和汗水就能拥抱未来的世界究竟跑到哪里去了。

"这个世界太黑暗现实了，无论我如何奋斗结局也许都是一样，我不想再去拼搏了。"

像曾经对我倾诉、抱怨过的每个人一样，我也曾想对这个世界低头，物质条件、家庭背景、人脉，还有那些看不到、数不清的阴影下的交易。现实的力量太过强大，我根本就抵抗不了，在它们面前，我简直就像一个手无寸铁的孩子，只能站在一个角落任它宰割。

可在那段被这个世界打击得体无完肤，觉得自己一无是处想要放弃的日子里，我常常想起童年和年少时的自己，那个还不曾直面过这个世界的自己，曾经我怀有梦想，相信努力，像个战士一样不停地奋战。我总是问自己，你过去为什么要这样，难道就是因为心中的这个世界曾经很美好，值得你为它奋斗吗？

不是。你，我，每一个曾经拥有热血贲张、策马奔腾的青春的我们，都不是。

那是因为什么？

因为我们喜欢挥洒汗水，喜欢怀有信念，喜欢把所有遥不可及的梦想一个个实现，因为我们骨子里就是这样一个人。曾经我们可以在黑暗中微笑着前行，曾经我们可以为了自己的未来不知疲倦地奔跑，曾经我们可以在这个从来就不美好的世界一路奋战，为什么现在不能了？

就因为我们看清了这个世界的真实面目吗？就因为它远没有我们曾经以为的美好吗？

为什么我们现在要将自己的人生交给这个世界来决断？为什么我们要让自己的未来取决于这个世界？

这个世界的好与坏是这个世界的事，你该如何生活，该成为一个怎样的人，是你自己的事。

它美好也罢，它阴暗也好，它充满希望就充满希望，它让人绝望就让人绝望。可世界是世界，你是你，这个世界从来不会为你改变,你又凭什么被它改变?

很多读者和朋友问过我,你每天哪来的那么多正能量,为什么那些现实残酷的事物都会被你变成温暖和力量?

我坦诚地回答,长大后的我对这个世界从来就没有多少正能量。它阴暗,现实,虚假,肮脏,残忍,冷漠,充满了负能量,越长大越与它靠近,越感到它就像一把砍刀,想要不停砍杀掉你心中曾经的每一份光明和美好;它就像一个大冰窟,想要慢慢冷却掉你身上曾经所有的温度;它就像一个张牙舞爪的怪物,恨不得一口将你吞噬。

可是我依然愿意像那个幼稚的少年一样相信梦想,相信感情,相信善良,相信真诚,相信努力,相信所有美好的事物。因为我就是这样一个人,就是想成为一个这样的人。这个世界可以折磨我,伤害我,甚至毁灭我,但绝对别想改变我。

我的身体活在它的领土下,可我的灵魂绝不会对它臣服。

《七宗罪》里有一句台词:"世界很美好,值得我为之奋斗。我只同意后半句。"

我一直把这句话记在心里,无论这个世界好与坏,我都要为之奋斗，无论是公平还是不公平，无论是付诸东流还是终有回报，无论是残酷现实还是温暖美好，我都要为之奋斗。

我从来找不到允许自己堕落和放弃的理由。

因为我的奋斗，不需要任何理由，更与这个世界怎样没有任何关系。

我就是要去奋斗。

现在我把这句话分享给你们，分享给每一个曾因为这个世界感到迷茫，因为这个世界差一点儿放弃自己的你。

在这里想和你们讲一段自己求职时的经历，在之前那篇求职文章中没有提到。

大学毕业前，我曾为了孝顺答应父母去考公务员，笔试125分入围。当时在那个单位的所有入围的十五人里排在第五名，他们最终要录取总分的前三名。因为父母和我都对自己的面试很自信，只要正常发挥，考上已经是十拿九稳的事情。但是就在面试的前几天，这个单位突然增加了第二轮笔试。如果对此有了解的朋友会知道，一般只有法院和检察院相关的单位会单独设立一项司法知识的笔试，所以它单独设立第二轮笔试是不符合常规的。当时我去询问工作人员大概会考什么内容时他们一直在模棱两可，迟迟不愿说清楚相关考点。后来我只能硬着头皮去考，拿到试卷的时候发现考的内容和他们单位的职能没有多少关系，就是一些关于政治、历史的常识选择题和一些对国家政策看法的作文题。我并不觉得自己在这些常识和写作方面有多大的优势，但考到一个中流水平不给自己之前笔试的排名拽太多后腿不算难。

可当成绩出来时，我看到自己第二轮笔试的分数是最后一名，第一轮笔试靠前的一些人考的分数也不高，总之名单上的总排名发生了翻天覆地的变化。

因为当时也已经拿到了一些不错的offer，自己又对公务员没多大兴趣，心里并没有太难受。但爸妈非常生气，在家里骂了这帮混蛋一晚上，爸爸还像个孩子似的准备第二天去举报他们。虽然总成绩跌到了最后几名，想靠面试翻盘的概率很渺茫，可我还是继续认真准备了面试。

我知道这个世界从来就没有多少真正的公平，我只是想试试一个从来不会对它妥协的人究竟能不能和它抗衡一下。

后来面试成绩出来，我考取了全区的最高分，总排名翻盘升到了第三，被通知录用。

在通过了体检和政审后他们准备签约时，我告诉他们我不想去了，去签了现在工作的单位，然后回到家傻笑着对着镜子里的自己做了个脑残的剪刀手手势（现在觉得自己有点儿坏，毕竟那些工作人员都是无辜的）。

晚上便写了《心中有光的人，终会冲破一切荆棘和黑暗》里的这段话：

"我想用事实证明给你们无论是不公平待遇还是黑幕操作，无论是条件制度还是规定准则，是阻挡不了努力奔跑的人的。我更希望你们相信这个世界虽然没有那么美好，可也没那么糟糕，向着太阳奔跑，它自会照耀你，别管阴霾继续向前走，心中有光的人终会冲破一切黑暗和荆棘。"

如果没有翅膀，那就要努力奔跑。

我的朋友，这个世界太大，有太多太阳照射不到的地方，布满了灰暗和阴影。渺小的我们永远无法改变它什么，可是如果你心中怀有一片光明的小世界，起码我们可以努力把眼前的这片世界变成自己心中的那个洒满阳光的世界。

这不是冠冕堂皇地为这个世界做什么，只是为了我们自己，为了我们自己能够永远被自己的太阳照射到。

我一直厌恶那些只会抱着告知真相的高尚传播负能量的人，他们以自己那些所谓的人生经验告诉你这个世界是多么现实，你无力抵抗只得低下头对它俯首称臣，然后便在一旁得意地看着你茫然和绝望。他们找不到继续奋斗下去的理由，便要告诉你从来没有值得你奋斗的理由。

他们杀死了那个曾经倔强的自己，也不许别人继续活着。他们亲手埋葬了自己的人生，还要拉上别人和他们陪葬。

即便跌跌撞撞，即便一次次摔得全身是血，可起码我们一直走在路上，总好过做一条这个世界的死鱼，随波逐流，得过且过。起码我们还在努力活着，总要好过变成一副任人宰割、不知痛痒的皮囊。

"躺下就永远不会再跌倒，可谁让我们都喜欢站着。"

就让这个世界用现实的高墙将你一次次拦下，让你撞得头破血流，就让它用残酷的刺刀刺透你的脊梁，就让它用黑暗的爪牙中伤你，你可以被折磨、被打击、被伤害，可绝不能将自己的人生交给它来决定,不能因为它杀死曾经的自己。

可以厌恶、憎恨、抱怨,可以悲伤、失落,抱头痛哭,但绝不能向它低头,不能因为它放弃自己的未来。

《这个杀手不太冷》里有一段对话,小女孩儿雷诺问里昂:"Is life always this hard, or is it just when you're a kid?(生活总是如此艰难吗?还是只是当你还是个孩子时才会这样呢?)"里昂说:"Always like this.(生活总是很艰难。)"

二十多岁的时候,我们处于人生的岔路口,第一次走出温床的庇护独自直面这个世界,我们都会感到这段日子艰难无比,对未来茫然彷徨,我们总以为眼前的这次打击和磨难会决定了自己的一生,可后来我们都会发现曾经以为根本就不可能迈过去的坎最终还是迈过去了。虽然这一路磕磕绊绊,荆棘不断,可我们还是摇摇晃晃地走下去了。

我们一直以为最艰难的是当下,到头来却发现人生从来不曾有最艰难,只有更艰难。

可只要走下去,那些走过的坎坷、受过的伤,都会在日后化成我们的盔甲,成为我们身体最强壮的地方,心里的伤口也会磨出厚厚的茧。

有句俗话,"那些没能杀死你的都会使你变得更强"。你更要相信,就算那些能打倒你的也并不能将你彻底击垮。

人生真正最艰难的时刻,是等你像一副皮囊得过且过地走过了人生大半,才意识到自己内心深处的挣扎,才开始后悔曾经为何要放弃自己。因为那个时候,你的希望,你的可能,你的变数,已经不多了。

人生最灰暗的时刻,是你放弃自己的那一刻。因为从这一刻起,你的人生只有更灰暗,再也不会有光明。

我的朋友,只要你不放弃自己,就不会走到最灰暗的时刻;只要你一路奋战,就总要好过走完人生大半才觉醒的最艰难时刻。

这个世界就是这样,总会在你满心欢喜时突然毫无防备地给你伤心和失望,可又会在你难过灰心想要放弃时给你开心感动和坚持下去的理由。你会有很多失望,却也会看到很多希望,无论怎样,痛过、恼过、恨过、哭过之后,你还是要选择继续,让自己变得更强大,是你与这个世界对抗的唯一途径。

我以前说，十六岁时我相信这个世界只要努力一切都会有希望，二十二岁时我依然相信，即便很多人说这是幼稚的倔强。

因为我的相信与这个世界无关，因为我就是想成为这样一个幼稚而倔强的人。我是为了自己而相信。

"我想做一个好孩子，起码给这个差劲的世界带去一点点美好。"这是那个小学二年级小屁孩儿时的自己对妈妈说过的大话。

我知道，每一个天真单纯小屁孩儿时的你，一定也和我一样说过很多幼稚又温暖的话，我们都曾对这个世界寄予最深的希望和爱。我也知道，即便经历了再多的打击和挫折，尝过了再多冷漠和伤害，可在你心里的某个角落，一定还藏着那个倔强、温暖的少年——不要丢下他，不要让他被这个世界抹杀。

留下那个心里的孩子和少年，已经是在为这个不够美好的世界带去一点点美好。

这个世上有很多人后来对这个世界妥协，向它低头。有的人死了，有的人变成曾经自己最厌恶的人。这个世界有太多的阴暗力量和光怪陆离，与其说努力变成更好的自己，倒不如说能不被这个世界改变已是不易。每一个你，无论走了多远，经历了怎样的苦痛，都要记得自己出发时的模样。

如果你想要自己的未来，想要有一天保护好自己爱的人，想要有一天不让自己再被这个世界轻易伤害，你就要去奋斗，这个世界它再不美好，但你依然有太多继续下去的理由。何况，世界是世界，你是你，你的奋斗从来就不应需要它给你任何理由。

成长之后的我们，都需要正视这个世界所有的现实和残酷，更要继续感知它的美好，但要记得你永远是独立的个体，你要成为一个怎样的人，你要如何度过自己的一生，都要由自己决定，不要让这个世界成为你放弃自己的理由。

在那个被黑幕淘汰掉的学弟给我打来电话的晚上，我给他发了一条短信。

"这个世界一直都是现实残酷的，我们谁都没有权利选择出生在一个怎样的家庭，生活在一个怎样的社会，但是我们能选择成为一个怎样的人，你不能放弃这唯一的一点儿权利。"

我们都不能放弃这唯一属于自己的一点儿权利。

每个人都是不断地在阴暗和光明中交替，人前逞强人后舔伤，我们都会突然被负面情绪包围得喘不过气。不要对自己太苛刻，悲伤失落的时候就允许自己在阴影中停留一阵，只要心一直在向着有光的方向前进就好，只要还走在路上就好。

"这个世界很美好，值得你为之奋斗。"你只需同意后半句，一定要永远同意后半句。

生命中最难的,是你不懂自己

/这么远那么近

相信自己,

相信梦想,

相信温暖,

相信爱,

相信所有的努力都会有回报,

相信你的一切。

1

前几日和许久未见的表弟吃饭，他依然是那副不太精神的样子，他看着盘子里那一大块肉发呆，我问他有心事吗？他愣了一会儿说，不知道自己该怎么办？

表弟比我小六岁，高中因为成绩不好学了竞技健美操成为体育生，高考成绩一塌糊涂没办法上体育院校，只能在西安一家大专学习动画设计，毕业回到家乡做过几份工作，在超市里推销过产品，在小公司做过文秘，为雀巢做过校园活动，但大多无疾而终。后来有了一个志愿者的机会，南下湖南成为机关里的临时行政人员。

这就是他可以写进简历里的学习工作历程，吃饭的时候我问他，你知道自己最擅长什么吗？他想了想，不知道。我又问你知道将来你想做什么吗？他说不知道。我接着问那你有什么梦想和目标吗？他说不知道。我说如果你有了想法你知道该怎么去做吗？他不耐烦地说，哥，你别问了，我不知道。

一顿饭吃到中间就僵持在尴尬的气氛里，表弟把薯条和番茄酱搅拌在一起吃得咬牙切齿，我想他有点儿不开心，想来我和他从来没说过这么严肃的话题。后来，我低低地说，你要有一个目标，你要懂得自己啊！

表弟看了我一眼，重重叹了口气，我就是不知道自己想要的是什么，大哥从小跳芭蕾，国家一级演员，每天全世界地演出，现在又移民到了澳大利亚，有爱情有大房子好车子。你也那么好，电视里天天播你做的广告，书也出了好几本，做的节目连我的同事都在听。我都不好意思和他们说那是我的两个哥哥，我又有什么，我自己压力也很大。

我听了这些话心里一阵难过，我说，你如果把这些变成压力放在心底，那只能让你一直都沉寂在这里，你要去做想做的事情，你要去把握你的机会，不要和别人比，没有人生来就比你强，只是他们知道想要的是什么，然后知道怎么去做。

表弟把酒一口气喝光，放下酒杯看着我，哥，可是我不知道我想要的是什么，我也不知道该怎么做。我喜欢沟通交流，可是光会说话有什么用，大公司就会要吗？我也喜欢和你一样静静做些节目，可是我住的地方条件不允许，不会软件没有话筒。我也爱写点儿东西，可是我的文采只是初中水平，自己写出来都觉得好笑。我觉得我就是什么都不会，就做个什么都不会的人吧。

听着他有些自暴自弃的话，我又生气又无奈，有句名言说这个世界上本没有路，走的人多了，也便成了路。按照现代含义或许可以这样理解，这个世界上的路永远都是自己在走，如果你看到了路却不去走，最终只能徘徊在原地。如果路都没有看到，那就会一直陷入迷局中无法自拔。

后来我问表弟，那这样子你甘心吗？他用力摇摇头。

2

在我的公众微信，几乎每天都会收到一些朋友的留言，他们在诉说自己的苦恼，简单分类下来和我表弟的情形差不多，不知道自己会什么，不知道自己想做什么，想做的事情又往往不知该如何下手，或者没有真正尝试过，但又不甘心，简而言之就是不懂不知不做，然后只能一直迷茫。

几年前曾经一位朋友对我说他宁愿终日浑浑噩噩过日子，

也不愿意去接受看似没有结果的挑战。他觉得自己没有才华，能力不高，只是一个普通人，想做的事情不敢做，因为看不到尽头，如果没有结果，那么就宁愿不要开始。只是这样的情绪无法排解，郁郁寡欢。

那时我几乎找不到可以反驳的理由，但是当我也走过了同样迷茫困顿的日子，我才觉得这样的话只是借口。先不去谈论那些远的、高大的、了不起的话题，一天天过生活的不是我们这些旁观者，而是你自己；一天天成长的也不是旁人的帮助，而是你自己；一天天看到未来的也不是旁人的眼光，而是你自己。先谈谈自己，你究竟想成为一个怎样的人。

如果你想做一个普通人，那么就去做普通的人；如果你想成为更好的自己，那么就勇敢踏出第一步。拿着自己普通的条件去想着更好的未来，然后无法从普通的概念中挣脱出来，再一味强调自己的平凡，本身就是自我矛盾的论题。想做更好，就去做，别去想。如果只是永远停留在不甘心的情绪当中，那不如就放下那些高远，成全自己的现在。

我想，努力奋斗的意义，绝不仅仅是限于赚钱，或者是博得社会的认同感，还包括自我价值的体现，而最直接的，就是抚平你的这份不甘心。总有一天我们会明白，与自己相处是一件很不容易的事情,梦想和现实永远都是站在相互对峙却相互平衡的立场,最需要做出努力和改变的,唯有自己。

我和很多年轻人一样,漂泊在他乡,之所以能够接受这样的日子,说是为梦想,那只是最高的精神支柱,其实是心比天高,不甘心就在狭窄的空间里度过一生。那些和我一样的年轻人,不过是为了给自己的内心一个答案,给往日的那份困顿情绪一个解脱。

不管我们现在处于哪个阶段,你都可以把自己变成一张白纸,既然是空白,就不怕任何尝试和失败,我们有的是机会开始,只是不要摊开这张纸却无从下手,只是不要还没有开始就急着结束。

3

表弟对我说,如果有一天那些想的都去做了,但没有实现,不会很失败吗?到那时回头就晚了。我问他,你所谓的成功是什么?他想了想,赚很多钱,被很多人认识和敬佩,让家人活得好。

我点点头说,这也算是成功的一种。他疑惑地看我,难道不觉得很功利吗?我说是很功利,但社会的认同感本身就是功利的事情。成功最直接的标准大家认为的就是这样,如果你拿着这些来要求自己也不为过,但现在更重要的,是你知道自己想要的是什么。表弟若有所思地沉默了。

努力的结果会带来什么我们不得而知,有时就是一次次的失败,有时就会渐渐地走向成功。失败的原因可能是努力的方向不对,但更有可能的是,你不知道自己努力的方向和那个目标是否正确。每个人都在路上,每个人看似终日朝九晚五,但你在这路上只要不停下脚步,那么所谓的成功,就会在不远处等着你。

至于功利和回报,那不是应该考虑的重点,远远不及这过程当中所带来的充实和享受,虽然在看到成绩时我们会兴奋和激动,但我们应该懂得,这份结果是我们无数次努力和奋斗换来的。

如果我们的努力是去成为一个更好的自己,哪怕退一万步讲就是为了功利,那又为什么不去开始呢?如果我们为了那个目标,踏出了第一步,谁又说那不就是我们对过去的选择和勇敢的一份结果呢?

凡事都要一点点做起,如果不做,那么就会永远在你的想法里疲于纠结，如果不去努力改变现在，那么你的明天，就会和现在一模一样，甚至更糟。

生活可怕就在这里，一个人如果安于现状，倒也罢了，怕的就是苦于内心的不甘心，却不愿意改变，到最后现在的日子也过不好，未来也岌岌可危。不知如何去做，或者做到中途就因为种种借口回到了起点，那么生活就变成一种尴尬的处境，让你在不上不下之间烦恼，陷入自我的怀疑和否定，但这其实归根结底不是你的能力问题，而是心态。

我曾经看过很多名人的传记，在他们的故事里我看到过一些共同点，那就是行动力和坚持。有一个朋友曾经罗列过很多计划，比如出去旅行，每天记很多单词，一周看一本书，一周温习三部老电影，等等，但时间一长就一再放弃，理由也看似合理，今天工作太累了，今天同事聚会了，今天没做那就明天做，这周没完成的下周补上吧。

表弟一听笑了，他也努力了啊，起码真的有计划有实施。我说是的，他确实努力，但成果却差强人意。

我告诉表弟，我们的道路不是一个简单的努力和想法就能够实现的，也不是靠着几个大众规则就适合自己，你要首先了解自己，安排好自己，才能够按部就班地生活。

一个人的行动力代表着他的能力，如果能力有限，那么暂时就不要制定太过复杂的目标，如果真的下定决心，就去逼自己一把。自己的目标因为拖延变得越来越多，越来越难以完成，从最初的不以为然，就会变得怀疑自己，从而成为恶性循环，到最后依然是一事无成。

心态的转变是改变自己的第一步，如果盲目地去跟风和实践，到最后只能活得很累，只有真正扭转了自己的意识，才会心甘情愿去做那些自己从未尝试的挑战。如果明明想要改变自己，但总是卡在幻想中无法自拔，明明自己付诸了努力却是被迫被改变，那么生活就会告诉你，一切都是错误，需要重新再来。

而到了那时，你就会发现，被架于空洞想法和残酷现实中间的自己，早已经没有了当年的心力。

4

不要去担心你的生活如何结束，也不要去害怕你的未来会是怎样的结局，你都还没有开始，怎么知道未来的自己是什样子?

表弟说想做公关,想播音,也想写书。我说那就去做,你怕什么,如果你善于沟通,那么就去沟通事情,利用你的现有条件去努力尝试,不要放弃前往更大世界的探索。如果你喜欢播音但不知如何下手,那么我可以教你软件告诉你播音技巧。

如果你喜欢写东西,就去多看书多写多尝试,总会慢慢进步。可是像你现在光想不做,或者找一些条件不允许之类的借口,最终永远都只停留在幻想和自我退缩的阶段。

表弟听完我的话脸红一阵白一阵,他说害怕失败,到最后连现在的日子都没有了。

我曾经看过一篇文章里写这个世界上从来没有不可走的道路,也从来没有不可达到的目标。只要你实际地去想,实际地去做,你就会成为更好的自己,哪怕你暂时想要达到理想中的高度真的很困难,但起码你有去攀升,那么距离就会一点点接近,但如果你只是仰望和感叹那高远天空,那永远你都只能抬着头去望,永远不可能接近它。

我们都是这样子,眼前的一切不忍放弃,未来的种种却总想不劳而获，这样子的情绪就会让我们忽略了现在的行动，而只是观望未来种种美好的假象。任何人的成功都不是空穴来风，任何人的道路都不是一帆风顺，哪怕你看到现在所有的成功人士，在他们荣耀的背后，哪一个不曾经历过那些义无反顾的勇敢和坚持？

表弟说他不可能成为成功人士，他们的目标他根本达不到。我摇摇头，我不是让你成为他们，而是做真正的自己。

人活着不是为了那些所谓的成功，真正意义上的成功就是顺从内心做自己。脚下的路只有你一个人去走，你走得越远，你看得越广，那么你就越成功，成功没有尽头和终点，而是你如何探寻走在这路上的过程。当你放下你的偏执和迷茫，开始迈出第一步，那么你就是成功的，以后的道路，只是丰满了这份成功的介质，加深了你对自我的完善和历练，成为你心中的自己。

我们在青春里耗尽了心力去想自己的梦想，去规划自己的道路，难免会有迷茫和困顿，这都不要紧，二十多岁拥有的就是年轻，你还有大把的时间去想你想做的事情，你还有更多的机会让你去挑战，让你去失败，如果你认为自己的梦想根本无法达到，那么就换一个更近的目标，一点点去接近那看似虚无的梦想。

最好的生活状态，无非就是心怀着你的梦想，勇敢过自己的生活，哪怕最后过了拼搏奋斗的年龄，回归到了平淡的日常生活，也无所谓。没有实现梦想不可惜，没有达到自己的终极目标不遗憾，但你应该努力让自己问心无愧。因为只有这样，你才会在未来的日子里获得比社会认同感更加重要的东西，那就是你内心的踏实和无怨无悔。那是之后你在漫长人生道路上的财富，是你面对以后所有困难和阻隔的勇气和力量。

因为你知道，你曾经为了梦想而努力和做出行动，你就不怕再一次迎接生活的艰难，你就不会因为那些突如其来的困苦而措手不及。你明白，曾经的风风雨雨不会白白到来和离散，它一定会在你的人生里留下痕迹，成为你的盔甲，和你一起冲锋陷阵，勇往直前。

5

谁都不知道明天会发生什么，谁也不知道未来有什么在等着我们，如果只是想着可能出现的最坏打算而不准备开始，那么人生中可以成功的概率也会和你擦身而过，而当你看着旁人一点点发出的光芒，就会后悔曾经的停滞甚至是退缩。

一个人，不怕将来后悔做过什么，而是怕后悔没做什么。

是的。挑战不可怕，困难不可怕，失败不可怕，这条道路上的一切都不可怕，可怕的是你因为这些所谓的可怕而迷失了自我。这条百转千回的路途，无非就是和自己的内心、和曾经的自己来一场战争，最终打败你的是自己，你的对手不是别人，永远只有你自己。

生活好似一个皮球，你拍它一下，它才跳动，你怀抱着它，那么它永远只能沉睡在你的意淫里。如果不去逼自己，你根本不知道生活会给你带来什么惊喜，世界再精彩，别人再成功，都和你没有关系，你只有做自己，去你想去的地方，做你想做的事，生活才不会刁难你，有些事情不要再去无谓地想，而是该好好思考，下一步应该做什么。

也许你要的未来还远在天边，也许你一直跌倒，困难重重，也许你已经努力但毫无进展，也许你所看到的现实和你期望的那个未来相差甚远，但是只要你懂得自己，并且勇敢做出选择和决定，就算别人无法理解，不能认同，就算那个未来依然无法抵达，你都可以始终活得充实而踏实，因为你知道，你一直都在路上。

只有这条道路上的经历是最宝贵和有用的，也只有经历才能够让我们真正明白这个世界，明白自己。我们都应该去经历一些从未见过的人事，在这途中我们会遇到很多事情，有的刻骨铭心，有的烟消云散，但是当你明白了在这路途中的自我勇敢，哪怕是回首，你都不会后悔曾经的开始，真正让我们难以忘怀、深怀感恩的，绝对不会是路上的苦楚和风雨，而是最初那个不顾一切清醒勇敢的自己。

这个世界上与自我有关的事情，一是找到一条适合自己的道路，不用瞻前顾后，不必好高骛远，只是心里清楚自己想要的是什么。二是勇敢去做，如果想成为怎样的人，你就要去亲自经历，只有走出了脚下的每一步，才能看到下一刻你所想要的风景。三是记得要坚持，好走的路上风景少，人少的路途困苦多，属于我们的终究有限，只有认定了它，勇敢去走去坚持，才能够度过前面漫漫的黑夜，收获微光的黎明。

我对表弟说：不知道想要什么就回到你的起点，想想曾经的道路，与内心中最本真的自己对谈，找到曾经的出发点。不知道怎么做，就慢慢梳理你的想法，按照一切可行的方式去一点点计划和安排。而当你有了自己的计划，就去坚持和努力，这个世界没有免费的午餐，更没有不劳而获的未来，只有你明白了自己，才能去明白这个世界。

相信自己，相信梦想，相信温暖，相信爱，相信所有的努力都会有回报，相信你的一切。

你要清楚，你的道路不是任何人可以替你打算和安排的，你要明白你不是任何人的翻版，也不是别人的替代品，你只有真正做自己才能活得踏实和快乐，你也只有真正认清了自己，才会明白自己需要什么。

尼采说得好：对待生命你不妨大胆冒险一点，因为好歹你要失去它。如果这世界上真有奇迹，那只是努力的另一个名字。

生命中最难的阶段不是没有人懂你，而是你不懂你自己。

生活的样子

夏橙/

人到了一定的年纪,
才会突然开始对生活有了与以往截然不同的看法,
而那么个瞬间,
便是成长。

1

在我初中刚刚回到父母所在的城市时,住进了一个陌生的小区。按照规定,出入都要带一张门卡,在门口的感应器上刷一下,栏杆才会升起。

那时的我总是觉得麻烦,喜欢直接从下面钻过去。而门口有一个常年站岗的保安,那是我曾经最痛恨的人之一。每次都会过来拦着我,让我出示业主卡,我摇摇头,然后又要求我报出门牌号。我才用不耐烦的语气说出门牌号,并且每次报完,都要还以一个鄙夷的眼神。

那时我和所有生活优越娇生惯养的无知少年一样,并不知道尊重是什么。如此反复多次之后,终于我忍不住了。

在保安大叔再一次把我拦下时,我深知他一定认得我,觉得他完全就是没事找事，忍不住地破口大骂起来。保安大叔只是憋红着脸，并不敢和住户吵架，礼貌地对我说，这个的确是规定，没业主卡的必须询问，否则拿什么保证你们住户的安全。

听完他这一番道理，我更是想笑，心里只觉得他就是个有点小权力就要用尽的小人。我依旧鄙夷地看了他一眼，然后径直走了进去。那时的我，心里不但没有内疚感，反而是暗爽。

在某天下午，我在家里阳台傻站着，突然听到楼下大门方向有谩骂声，望过去，发现一个中年男人正指着那个保安大骂着。原因和我一样。

我看到保安大叔无助地叹着气向四周张望，眼里满是委屈和无奈。那天我才明白了，自己是怎么样伤害了一个尽忠职守的人。

那时我的骄横，完全只是来自当时的并不懂得，人和人之间不会因为社会分工的不同而产生高低贵贱。远远望着保安大叔，在这样一个炎热的夏日里，穿着规定的制服，汗流浃背，心里有一种说不出的内疚。

那天下午我带上门卡，在门口的超市买了两罐可乐，然后刷卡进了小区。我笑着拿手上的卡对着保安晃了晃，保安有点不明白，尴尬地笑着说，对了嘛，你们出入带卡，大家都方便。我把可乐给保安，我说上次不好意思啊。

保安坚决不肯收，我说你那么小气吗。

保安挠着头笑笑，有点受宠若惊，然后接过了可乐放在一边。

后来那个保安每次见到我都对我微笑。

那年寒假，大家都在忙着过春节，我站在阳台，发现保安大叔依然在站岗。那天下着雨，天很冷。他一个人站在小小的亭子边，时而抬头看天，时而往远处呆望。

我皱起了眉头，那天的保安大叔，定格在了我那时年少的记忆里，我想他一定也有自己的亲人，有父母和孩子，为了他所爱的家人们不用在寒风中、烈日下像他一样站着而努力地站着。

是否他的苦楚和委屈，都会融化在这样一个信念里，融化在一个来自远方的电话，告诉他的孩子，爸爸很好。

2

初中毕业以后,我便离开了父母。在另外一个城市上高中。

在那里我遇到一个小男孩儿,他每天下午六点会准时到他爸爸的小推车那里。他爸爸是卖山东煎饼的。

我经常经过那个地方会看到小男孩儿,他茫然地看着人来人往的街道,茫然地看着人来人往。他眼里总映射出一般孩子所没有的孤独。

他偶尔自己在旁边玩树下的小草,偶尔趴在一张塑料凳上写作业。到晚上9点多10点的时候,他困了就枕着小书包睡在爸爸手推车旁的一块硬纸板上。

我时常经过他身边的时候总是看着他,他也看着我,然后我对他眨一下眼睛,他却马上看向别处,仿佛害羞一样。

有一天晚上经过一名中年男子,小男孩儿的爸爸不小心把面糊溅到了那名中年男子的衣服上。中年男子大发雷霆,指着小男孩的爸爸开始骂。

按照我国的传统和习俗，瞬间就吸引了大规模的围观群众。

中年男子的说法是，这里本来就不准摆摊，摆了摊还要那么不小心，还要溅到别人。

小男孩的爸爸很窘迫，一个劲儿地道歉，脸上尽是无奈和委屈。

我透过人堆看到了小男孩儿，小男孩儿眼里满是惊恐和无助，紧紧地抓着爸爸的衣角。后来中年男子终于骂舒服了，走了。

小男孩儿的爸爸一个人默默地坐在凳子上。也许是在儿子面前丢脸了，也许是心酸和委屈。小男孩儿站起来，在后面轻轻地不断拍着爸爸的背。

小男孩儿的爸爸摸着小男孩儿的头，在远处我看到爸爸嘴里说着什么，也许在安慰小男孩儿，告诉小男孩儿他没事。

那时候我正好走到了后面，我扭头过来，看到小男孩儿爸爸落寞的背影，看到小男孩儿爬到了爸爸的腿上，然后抱着爸爸的脖子，脸对着我。小男孩儿就那样安静地看着爸爸，手轻轻拍着爸爸的背。眼睛里一扫往日的孤独，有的只是心疼。那一刻我觉得心酸又温暖。只是突然，小男孩儿的眼睛竟然一滴一滴地流出眼泪来。小男孩儿咬着嘴，也许在努力忍着，不让爸爸发现，手不断交替着擦自己的眼睛。

或许那时我才渐渐明白，也许生活有时有一种残忍的温情，在那些相依为命努力生活的人身上。

3

长到二十几岁的年纪，回到家里的厂实习。

在某次饭局上，我和小胡坐在一起。小胡是厂里的业务员，来这里两年了，平时不谈业务的时候沉默寡言，曾经我无聊陪他一起出去跑业务，他两手托着样品，一家商店接一家商店地屡受白眼，而他只是汗流浃背，保持有礼貌地笑着。

我看到他在饭桌上时，被人戏弄，被人灌酒，而他做得最多的事情就是往锅里添菜、倒酒、倒茶、递纸巾、叫服务员、开酒瓶，还有强颜欢笑。饭桌上其他人叫我小伙子，叫他"喂"。

饭后，我负责送喝多的小胡回家。

我开着车,他坐在副驾驶座,酒气熏天,车里静悄悄,只剩下呼吸声,我顺手开了音响,飘出一个低沉的声音,我一看屏幕上的播放列表,张国荣的《取暖》。

我听着听着就觉得受不了,因为太沉闷了,想随手按掉,他却急忙用手制止了我,他用征求的语气跟我说,让我听一下吧。

我点点头。

然后他断断续续地说起这首歌,他上学的时候也觉得不好听,不过出来工作以后就觉得挺好的,只是很久没听了。

我们就这样安静地听着这首歌,路灯投射过来的光一道一道地刷过我们的脸,路旁没有一个人,路上也没有一辆车,天上挂着冰凉的月亮。

突然耳边传来嘶哑的声音:

你不要隐藏孤单的心
尽管世界比我们想象中残忍
我不会遮盖寂寞的眼

只因为想看看你的天真
我们拥抱着就能取暖
我们依偎着就能生存
即使在冰天雪地的人间

歌声很难听,我转过脸看着他,他红脖子红脸大声跟着音响大声唱着,我却看见他眼眶湿润。

他沙哑地说,开下窗。

我刚刚一打开窗,风便凶猛地呼啸而入,但最让我措手不及的不是风声,而是他的哭声。

他哭得撕心裂肺,彻头彻尾。我的右脚掌不断敏捷地踩着刹车放慢车速,而他只是对着我摆手,然后脸埋在另一只手上,泪水从他手心里漫出来。

我不会安慰人,也不知道该怎么安慰他,所以我加快车速,让风来得更猛烈些,风声越来越大,像无数旗子在耳边飘扬,却不能盖住他隐隐约约的哭声。

不知过了多久,他渐渐只剩下抽泣了,最后慢慢地安静了下来。到他家楼下的时候,他红着眼睛,在旁边的水龙头用力地搓着脸,用手抚着眼睛,他眨了眨眼睛,有气无力地问我,还看得出来吗。我说有点儿。我知道他老婆还在等着他。

他又冲了冲眼睛。我问,很不容易吧。不知道为什么,问完这话,我感觉眼睛有一种泛红的冲动。

他只是以为我问的是眼睛,他说没事,喝过酒也差不多这样。接着对我说了一些不好意思和道谢还有回去路上小心之类的话。

最后他站在晚风里,用力挺直了腰杆,扯了扯衣服,用纸巾把脸上的水擦干,咳了两下,吞了一口口水,然后深吸一口气,挺起胸口来,对我笑了笑,提着包上了楼梯。

我抬头看着面前这栋老旧的楼房,楼道甚至没有一盏灯,听着他疲惫沉重的步伐声,整栋楼黑压压地立在我面前,沉默而冰冷。我想他马上就要回到那个简陋却温暖的地方,他的脆弱不会让自己的老婆看到,他仍是一个身高一米八的大男子汉,在他年幼的孩子面前,他依然顶天立地。

我看着他起早贪黑,看着他回如此简陋的家,看着他面对客户的时候手有意无意地遮住衬衫上没有纽扣的袖子，他总是有礼貌地笑。只是生活对于他是怎样的寒冷，以致他喝醉以后，听了一首沉闷的《取暖》以后，能哭得像一个孩子。

4

我曾经以为活着就是每天看太阳东升西斜，月亮阴晴圆缺。

只是岁月总会领着我们一路前行，在沿途里，捡到自己所碰见的答案。

当年少时的轻浮和空洞被成长所填充，才明白一些挂在嘴边诸如"责任""坚持"这样的褒义词为什么是褒义词。

人到了一定的年纪，才会突然开始对生活有了与以往截然不同的看法，而那么个瞬间，便是成长。最终在那些你以之为镜的人身上明白，生活也许时常残忍，但残忍里的温情和感动，坚持和付出，依然努力地去生活，才是真正的难能可贵。

当我放过自己的时候

/德鲁伊

喜悦是当下的喜悦,命运是当下的命运。
我们嗟叹命运的无情与不公正,
怨恨那些带给我们痛苦的事物与人,
但原来命运我们可以选择,
只是选择的是我们可以选择的部分。

又一次云游归来，当云游成为一种习惯，我也就学会了快乐面对！藏养的季节奔波，违时却需尽力，奔波里思索过去、将来，断续却也活跃，残片拼凑起来，倒也错落有致、色彩斑斓，闪烁着属于自己的光芒。这个旅程如这样的一年，也如未来的一年，也如现在的一刻。

旅途似乎是种奔波，不同的环境、不同的人、不同的饮食起居，于是劳累而疲倦。还好，2009年学会的随时静心，随时精神独立，随时快乐，随时忘却……

那日初到上海，开始飘落雨滴，仰头看看天，冬天的上海阴霾而有些脏乱，如大都市的混乱不当的包容。出了地铁，猛然发现雨雪交加，因着自己北方装扮，还不是太冷，诧异于在上海见雪而已。上海的雪急急忙忙地下着，很北方的感觉。穿过上海的街道，雪在点滴结束，隐隐约约。整个城市诧异于雪落，显出上海人的矜持，越是诧异，越是沉默，怕失了大都市的雍容华贵,也算一种包容衬着上海的繁忙与泯然,格格不入。像极了自己2009年偶尔的心境。

到了工作地点,很气愤,太多的人想当然,然后就会在日后收获混乱。因着前边事情安排得不停当,现在面对着混乱与不可收拾,怨声载道。挂在嘴头如果永远是"我以为……",那你永远得到的就是不如以为的。混乱里埋怨,不晓得是自己在当初的"我以为"潜伏的;在自己可以主导不产生混乱的时候,要尽一切可能阻止"我以为"的出现。否则面对时间节点,你就只能无所掌控;面对混乱的结局嗟叹,是对自身最大的嘲笑。前一环节自以为是,后一环节混乱不堪;前一环节举手之劳,后一环节一团乱麻;当下你偷懒,明天的当下就知道付出了。这是一种感动,也是一种醒悟。有人问佛于我,我说当下,对自己的当下与别人的当下负责,就自然充满善意。

料理完这里的工作,安排停当,急匆匆地走,去杭州。

上海渐行渐远了,暮色爬上来,天黑了,谁料想,后边有意料之外的感动呢!

上海至杭州很近了。匆匆下了高速转入省道,夜色里,田地的积雪闪烁着清冷的光。道路也在车灯的照耀下，明亮而清晰，就是因着这样的明亮与清晰才明白，结冰了！远远看到车辆的堆积，朋友的刹车踩得及时而彻底，车子在ABS的作用下，有跳跃感地向前冲，车灯照耀着前方的车尾，那些红色的尾灯瞬间显得怪异与邪恶，像是血盆大口吸引着车的灯光，张着血盆之口要吞噬你，车子在结冰的路面上纠结于刹车与冰的搏斗，嘎嘎的声音。朋友很及时地在要撞到前车的时候，转向！插入！隔离带与前车间的缝隙，车子停下来了，很不情愿似的，瞬间似乎人与车都泄气似的趴伏下来。

砰！沉闷而深厚的碰撞声，惊得人一哆嗦，应该是蛮大的车碰撞的声音。急匆匆下车，差点儿摔倒，路面的冰湿滑着，风瞬间无孔不入，寒冷很得意地让我觉得江南的冬夜无处可躲。踮起脚向后看，该是两辆大车追尾了，冰雪的路面没有刹车的声嘶力竭与尖厉，却在碰撞后腾起雾霭，车辆撞上去，巨大的冲击力，接着被撞回来，停下！希望不是惨烈的结局，小心翼翼地走过去，眼前开始浮现惨剧与哭喊。

没有哭喊，没有血肉模糊。一辆平头卡车撞在另一辆的后边，驾驶位置已经深陷进去，外表看着人应该是难逃厄运。副驾驶那里，一个女人，倒还算平静，怀里还抱着一个孩子，只是催着人们打电话。119、120、122，人们忙不迭地打着电话，互相的眼光都有担心的流露，这样的车祸通常都惨烈。因为我不懂方言，就在他们的唧唧歪歪里，替着孤儿寡母担忧起来，需要等待，时间有点慢，更加冷了……坐回到车里，大家都讨论起来，江南的雪也会如此狰狞啊，悲剧在悄然上演。

忽然想到，那个做父亲的伟大！我是开车的我知道，在车祸的瞬间，人的本能是逃离，向左方打方向是本能选择。而且当时的情况，左边还是有躲避的余地，最多是右侧碰撞上去，那样的结局不言而喻。在生死的一瞬间，这个父亲毅然地选择了去碰撞驾驶位置，刻意让人鄙视，这样的刻意却让人唏嘘。电光石火的一刹那，这个父亲的爱，瞬间就包裹了妻儿，在阴冷无情的江南冬夜里，光芒万丈，温煦如春。

120来了，119来了，及时而专业，孩子被先递出来，孩子的母亲执拗地待在车里，孩子被惊吓后的木然和惶恐让人心疼。我待在可以了解的距离上期待奇迹的发生，消防人员专业的器械与技能发挥了作用，只是语言我听不懂，有点暗暗着急，察言观色，似乎，似乎无大碍。不知道为什么无大碍？工作紧锣密鼓，喜欢快速专业、言语指令性、执行到位，这样的效率高，默契其实是专业与执行。面对这样的专业，忽然就安静起来，这是信任的安定，默默地等待结果。千斤顶、破门设备，也就几分钟，已经开始准备将人抬出了。

相信奇迹吧！人很安然，只是脚踝被夹住了，刚才的专业忙碌，将被夹的脚解放出来，他竟然自己爬出来了。想来在碰撞的一瞬，他扑向了妻儿的一边，撞瘪的驾驶位置仅仅夹住了他的脚，甚至没有流血，皆大欢喜。没有掌声，消防队员开始收拾器械，120的担架上车，他被随后来的亲朋们背着上了救护车，涉及救人的车祸处理结束了。

后边的几天了了，依计划奔波，但，这是感动的旅途，我安静下来的时候总是不由得想这个车祸带给我的东西，甚至是对自己的2009年的总结。

听到太多的人谈命运，到底有没有命运，到底是谁在主宰、安排我们的命运，我信命，我告诉太多的人有命运存在。万事万物有关联，有关联就有规律，有规律就有必然，什么是命？我一直拿车祸给很多的人说起命运，命就是这个时刻遇到这样的车祸，因为在途中你任何时候稍微加一脚油门或点一下刹车，都有可能避过今天的车祸，但就是那些加油、刹车、路线选择、途中的停顿交互作用，你在这一刻遇到车祸。但认命不宿命，朋友借着他的技巧与判断，在那一瞬得到了最好的结果，这就是你在命运里可以自己努力的部分。命运可以改变吗？可以，如果你听天由命，我们会遭遇车祸，就这么简单的答案，就是命运。

至于那个父亲，他的命运让他发生了车祸，他的车还没有我们车的灵活与功能，但他面临的选择与努力的方向多了太多……

这个男人或许暴躁而无能，也或许努力而踏实，也或许恶习不少……这个女人或许勤俭持家，或许贪慕虚荣，也或许育儿无方；也或许家庭矛盾多多，同床异梦，争吵不断，苦挨度日；也或许蒸蒸日上，日渐富足，阳光而灿烂……但都没有影响他那一刻的选择。

他可以打向左边，这是本能。能做出抵御本能的才是高尚的，本能之下的选择没有人可以指责。那本能选择打向左边的话，他将有一个支离破碎的家，也将痛苦一段时间。他终将开始新的生活，虽然某个场景、某个片段会永远在他的心里，挥之不去。但既然是命运，我们也会接受，也抗争了，那个江南冬夜的冰雪路面是噩梦，也仅仅是过去某一时刻的噩梦……

他因着爱的本能打向右边，没有逃离，只有抉择，他的爱保护了妻儿，而自己被车祸带走。妻儿的悲惨未来与磨难已与他无关，他尽了丈夫、父亲最高、最重、最终的义务，他用他的生命换取了妻儿的平安，这个瞬间他如阳光般的大爱，温暖与保护了属于他的责任……他的妻子终将开始新的生活，他的孩子终将长大,继续他们必须的命运与坎坷,迎接属于他们的未来,他已经无能为力,他已经燃烧自己的生命……离别世界的那一刻,留恋也好,悔恨也好,都会幸福着消散,笑着离开,笑着流泪离开。

他却得到了最好的结果,皆大欢喜,圆满而幸福。未来的某一刻,夫妻会甜蜜地回想这段惊悸,男人的胸膛是那么宽广与自豪,女人的幸福是那么漫溢与温暖;及至孩子长大,告诉他父母是多么爱他,可以在生死里把选择孩子生存作为唯一选择;父亲也会得意地在朋友的酒肉喧嚣里,借着酒意,高谈阔论这段惊险,唾沫乱飞,引得人仰视唏嘘;也许会因为喋喋不休地说起这次爱的奉献,被家人鄙视,将自己未来的爱变成索取,人皆侧目;也许因着这个爱,妻子心里的爱变成了债,一辈子被这一刻所出卖,永远失去自我;也有可能未来夫妻反目,孩子不孝,在老去的年华里自己咀嚼回忆,老泪纵横……都有可能,都没有可能,可能与否其实与现在无关。

这一刻的选择,是对命运的回答,这个当下,是自我的快乐选择。在那瞬间的选择后,喜悦的光芒即时迸射出来,明亮而润泽。命运让我们这刻选择,我们选择我们为之努力的东西,至于结果,我们可以掌控的我们掌控了,努力了……笑着接受命运吧！

喜悦是当下的喜悦，命运是当下的命运。我们嗟叹命运的无情与不公正，怨恨那些带给我们痛苦的事物与人，但原来命运我们可以选择，只是选择的是我们可以选择的部分。我们没有时间去思索所谓的命运公平与否、合理与否，也想不得当下的选择未来会收获什么，只是晓得当下我们选择了，为了自己也好，为了别人也好，选择就是当下，选择就是喜悦，未来是未来的当下，是属于自己选择的未来。这一刻的父亲高大而平实，最重要的是，快乐与喜悦！

这样的2009年末，我被旅途感动，未来我还会在旅途上，被旅途间或地感动。这个旅途上太多的人与事，是命运让我面对他们。朋友问过我喜佛将如何、该如何、会如何，我说：我对我所面对的人、事都善意面对，其实是对佛最大的尊重，也是对自己最大的尊重，也是对自己所爱的人、爱我的人最大的尊重。

2010年就要来了，我在命运的旅途上奔波，还将继续奔波。

这个年末的感动，这个当下的感动，命运在悄然改变，冬天的我在等待春天的来临，那个晚霞已经告诉我，春天就要来了……

归去来

羊乃书 /

据说,人在离世的时候,
会先经过一条漫长的隧道,里面漆黑一片,彻骨冰寒。
要一直走,一直走,一刻不停地走。
然后在隧道的尽头,迎来一束温暖的光,
如水般覆盖周身,拭去沿途经受的黑暗、寒冷与孤寂。
光晕层层叠叠包裹着他们,护佑向前,
穿越重重雾障,获得新生,
最终抵达岸之彼端,不复归来。

"项老师好!"

"你谁啊?我不认识。"

老项绝顶认真的神情摆明不是在开玩笑。没错,新学期第一堂课十分钟后才开始,他怎么会认识我呢?不过,这个非常规的回应把我噎在教室门口,呆立了好一阵子。

古代文学的必修课,是学院教务处排定的时间跟老师,也就是说,对于老项,我除了默然接受以外,连说"不"的机会都没有。

老项一身朴素夏装,拎个破烂公文包,趴在走廊尽头的窗户上,投入地抽烟,烟圈连绵不绝地飘过头顶,连背影都表现出极致扭曲的享受。上课铃聒噪得像大楼爆炸前的最后预警,老项深吸一口,惋惜地掐灭烟头,夺门而入。

九月的蓉城秋之将至,金风乍起,夏日灼热的阳光,在季节的散场舞里,故意拖沓着脚步。

"你们怎么都来上课了,这么好的天气,都给我出去晒太阳,去去去!我跟你们说啊,这个课,你们来了也拿不了高分。考试的时候,自由发挥就行。噢,对了,这个课的最高分,我只给男生,中文系男生少,我就要袒护他们,没人能把我怎么着。"

老项劈头盖脸一堆耸人听闻的开场白,底下的人全听怔了。加之常年伏案阅读写作,颈椎严重受损,左右转头的范围只能在控制在90度内,更加凸显他的目中无人。

我碰了碰夏哥的手肘:"这老师脑子有病吧。"夏哥白了我一眼:"男人的鬼话,别信。"

夏哥歪打正着,这恰恰是老项的本意所在——千万别信他说的话。

"我这学期讲的东西,要先颠覆掉你们的陈旧认识,然后再把我自己讲的内容颠覆掉,最后你们就什么都不知道了。"

本以为,在每学期第一堂课全班的集体亮相之后,就将从此零零落落、一蹶不振，该谈恋爱的谈恋爱，该窝在宿舍睡觉的睡觉，该打篮球的打篮球，该吟诗作赋的吟诗作赋，该校外兼职的兼职，直至期末考试前的划重点，迎来再一次的群龙聚首。

没想到，第二次课来的人，比第一次课还多。老项的奇葩事迹被传开，不少其他院系热衷于看新奇的学生，闻风而来。

老项进来，斜倚在讲桌旁，眉头紧锁，纤细苍白的手摩挲着头发。"喂，我记得上节课说过吧，不需要每节课都来，外面太阳多好，坐在教室里听课，要多没劲儿有多没劲儿。我最不喜欢好学生了，好学生都是臭狗屎！臭狗屎！臭狗屎！还有，我的课不允许旁听，我讨厌你们，现在就收拾东西走人，一分钟内。"

虽然没能真切领略到老项更多的课堂风采，但初来乍到就被痛虐一顿的外系学生，显然觉得不虚此行，见识了老项的剑走偏锋。

"今天我们讲《周易》吧。从哲学上讲，这是个大骗局。但是，我不管它现在是不是被街边的算命术士用来忽悠人，我要从文学角度来分析，抽丝剥茧，择出里面描写的部分，你会得到一个惊人的发现,《周易》它其实是歌谣……

"今天我们讲屈原吧。屈原你们过去都怎么学的,爱国主义的化身,无私又高尚!鬼扯,他是楚国的不忠之士……

"今天我不想讲课,一起聊聊民间信仰和崇拜吧。

"你们从小读唐诗宋词,穿着开裆裤就会咿呀两句,然后长大以为那就是唐宋了?幼稚!那不过是知识分子的唐宋,穷书生的唐宋。唐宋的民间,那是相当野蛮的。来来来,我给你们讲一种把舌头割下来的祭祀礼仪……"

老项就这么每节课胡诌,却诌出了我旺盛的好奇和斗志。有一个月,我完全从老项的课堂上消失了,循着他讲的思路,跑去图书馆找来相关文献读。而更重要的原因则是,我想驳倒他,他讲的那一套,太匪夷所思了。但越读,我却发现越别有洞天,甚至万万没想到,我还从翻阅的文献里,为老项的某些歪理找到了更多有力的佐证,这让我逐渐开始改观对老项的误读。

某个午后,在古籍阅览室撞见老项,我连忙把书往架上一搁,一个躬身:"项老师好!"

"你谁啊？我不认识。"

知道他爱来这么一出，我便也不做计较，咧着嘴笑笑，再拿起一本书打开。

老项往前走了几步，若有所思，像想起了什么，又退回来，从书架之间伸个头。"我看你有点儿面熟，帮我转告那些还坚持来上课的臭狗屎。逃课的目的不是回宿舍宅着上网，而是自己去读书。现在教你们的老师，在你们这么大的时候，几乎都在如饥似渴地疯狂读书，而不是乐此不疲地上课。"

然而，老项的课依然是座无虚席，并且话题越来越宽泛，尺度越来越大，从某场政治风波，到某位诺贝尔和平奖的获得者，针砭时弊，议论古今，甚至不乏一些过激厥词。不少好学青年，趁着下课的间隙，想跟老项探讨探讨。

"等等，你们以后课间课后不要来问我问题，你们应该想到，我上课的时候说了那么多话，很累，需要抽支烟休息休息。另外，你们要是真想对我好，就每天在我的信箱里给我塞一份报纸，或者匿名给我手机充十块钱话费。"

老项拍拍袖口的粉笔灰，扬长而去。

在其他老师口中，我们却听到了有关老项的另一面。

老项中年得子，视若珍宝，某夜看见儿子胖乎乎的小腿结实有力地一下踢掉身上的薄被，露出柔嫩的脚丫子，禁不住心里的喜悦立马打电话给老友，用四川话大喊："我幸福惨了！"

他年轻的时候，拉得一手好小提琴，差点儿从艺，但未遇到识才的伯乐，最后不得不改走文学的路子。

他一再声称，他爱的不是古代文学，爱的是读书这件事本身。教了一辈子书也足够了，故决定退休之后，重新拾起小提琴，以此为业，每天上街做瞎子阿炳状，奏些凄苦的旋律，挣点零碎补贴退休所得。

老项是东北人，平生最爱小鸡炖蘑菇，让亲戚从东北寄来土生土长的原料，亲自操刀下厨，邀约好友两三前来，共赴饕餮。末了，胁迫好友下次自觉向他进献地道的东北食材若干，否则便由此断交，不再往来。

某次，老项跟几位同事在浣花溪公园聊闲篇儿，有人提到某某学者见人便提自己发过多少论文，均为最高级别刊物，甚为自得。老项摇摇头说，师者，无真才实学可怖，无品位则无可救药矣。席间,他又谈起部分学生耍小聪明,期末写一篇"万金油"论文,用于几门不同的课程,如此敷衍,令人心寒。

一学期一晃过了大半,对老项的了解也逐步深入,知晓他是位有血有肉、至情至性的师长,对他多了些敬重。

有段时间,老项脸色明显不大好,还老抱怨上楼喘不过气,走路头晕腿软。夫人多次劝说去医院接受检查无效,只得将他亲自押送就医。老项还拎着那个破烂公文包,不情不愿地跟在夫人后边,扭扭捏捏地抽了血,等不到结果出来便又仓促离开,回到讲台上。

课刚上二十分钟,老项的电话响了。他一直用着老式的蓝屏手机,只接听电话,从不发短信,当然也不知道怎么发。他不屑地瞟了一眼,决绝地摁掉,继续大谈特谈。久了没听老项的胡扯,竟颇为怀念,刚巧回到课堂,听完他的宏论,正谋划着再逃课两周,好好看看研究《诗经》的文献。

急救车的凄厉声划破教学区上课时间的平静,小珍珠在耳边悄悄嘀咕:"你听,像不像'完—啦—完—啦—完—啦',哈哈哈哈。"笑声戛然而止,老项的夫人疾步推门走进教室,神色焦急,向着底下的学生深深鞠了一躬:"同学们,对不起,出了点紧急情况,项老师需要立马住院,这节课没法儿给大家上完了,请大家原谅。"然后转过身,低声说,"老项,赶紧地。"

老项不反抗,也不细问,只是不紧不慢,把东西一件件往公文包里放。

"我最近心力交瘁,身体不适,将不久于人世了。"

教室里哄堂大笑,一浪掀过一浪,我一看,他夫人脸都吓青了。

学院教务处发来邮件通知,老项的课已换由另一位老师代上。

"我看,这下是真没人去上课咯,"小珍珠自言自语着,"唉,要不咱去医院看看老项?

"好。"我二话不说应了声,随手从书架上抽了两本老项爱看的书,打车直奔华西医院。刚走到病房门口,就被白大褂给拦下了,说老项现在免疫力弱,不能跟外人接触。

我据理力争:"我们是他的学生,老师现在患病,需要保持愉快的心情,探望有助于恢复健康!"

"姑娘，为了病人好，你们就不该来探望，带进来多一点儿细菌就意味着多一分风险。治病就是治病，虽然冷酷无情。"白大褂的态度很诚恳。

我们与老项只能隔着玻璃交流，我从包里拿出带去的书，挥舞着。他的目光穿透层层隔绝，闪出一道光，聚焦在书上，但随即黯淡了下去。

从他的口型我读出来："医生不让我看书。"

老项的脸色还是很差，我不忍耽误他休养，便匆匆告辞了。

过了两天，老项的挚友、学院周老师奉命转告大家，骨髓穿刺结果出来，老项得了白血病，马上开始隔离化疗。消息在学院里霎时引起轩然大波，大家不敢想象，一贯潇洒的老项，怎会被病魔一把擒住。

正值初冬，商业街上的店铺开始大量售卖暖手宝、暖身贴、电热毯，想起老项深秋还穿着那套单薄的褪色西服，不禁戚戚然。

老项夫人每天工作在身，兼顾照料孩子起居上学，一时间焦头烂额。我们便自告奋勇，轮流排班给老项送饭，想方设法弄来他爱吃的，在病榻前讨得他几分欢心。而老项还是那个老项，嘴上绝不示弱，不仅极尽刁钻，不断提出新要求，还勒令我们每日念书三十分钟给他听。

有一天，他做出重要批示，在网上代发一条状态："生自己的病，让别人痛苦去吧。"

可是哄谁呢？所有关于疾病的美化都是虚假的，只有痛苦是颠扑不破的真实。

老项平安度过危险期，回家疗养，学院暂时没有给他排课。我去图书馆借书的路上，偶然跟他碰见过一次。"羊乃书"，没想到，这次竟是他破天荒地先开口叫出了我的名字。我原以为，所有学生在他脑海里，都不过是清一色的无名氏。已近期末，老项眼球咕噜噜一转，我猜准没什么好事。

"你是重庆人吧？"

"嗯。"

"下学期开学给我带点儿土特产回来。"

"没问题,项老师,一言为定。"

过完暑假,我辛辛苦苦扛着老项钦点的东西,吭哧吭哧回到宿舍,给他打电话。

"项老师,您要的……"

"不用了,你自己留着吃吧。"

"……"

"嘟……嘟……嘟。"老项直接挂了电话。

六人一间宿舍,多出一点儿东西都是巨大的空间负担,在老项斩钉截铁的拒绝之下,我迅速和舍友瓜分了食物。三天后,老项的电话打过来。

"土特产呢?"

"老师,我已经遵从您的嘱咐,吃了一部分,剩下的那个,实在是不堪……"

"哈哈哈……嘟……嘟……嘟……"

由于病情反复,老项很快又回了医院,当年冬天,西医化疗彻底失败。一直到翻年春天,老项的情况都不尽如人意。

这期间,小珍珠拍了部影视作品,从筹划到拍摄,倾注相当多的心力,千辛万苦,终于杀青,想在学校借个教室小范围地播映一次。但由于个人无法向学校相关部门递交申请,影片又涉及同性恋、黑社会、上访申诉等敏感问题,没有学生组织想惹这个麻烦。

某天突然听说播映地点有了着落,我马上给她发信息。

"教室借到了?"

"嗯!"

"好个峰回路转,柳暗花明!"

"贵人相助。"

"谁?"

"老项。"

"老项？不是一直住院吗？"

"有人给老项送饭的时候，提了提影片的事。老项听了，说以他开讲座的名义，去借教室，结果上面很快就给批下来了。"

影片播放那天，盛况空前，小小教室被挤了个水泄不通。

窗外阳光正好，如果下午有老项的课，他一定会说："你们怎么不逃课呢？天气这么好，上课有什么意思。"而他每每说起这些时，神情总是认真又无奈，嬉笑又意味深长。

四月末梢，没能等来老项的好消息。

大概是有过不好的预感，老项两个月前特意请周老师帮他一个忙，如果最后没能撑过去，他有一句话，希望周老师代他在网上发布。

就在老项告别我们后的一小时，我看到周老师代老项更新的状态：

"项光因病去世了，他住院时是快乐的。"

那句课上的玩笑话，一语成谶，心比天高，命比纸薄。

老项一生为人奇峻，明明是爱，却非要表现为厌；明明是热心肠，却非要武装成冷漠鬼；明明可以好好讲道理，却非要歪着拧着来；明明受着苦，却要笑着侃。他活得入世，鞭笞政局，不满社会的现状，支持年轻人的种种努力与突破；同时又超逸出世，对名利职务、头衔虚名，弃之如敝屣。

越活，越明白老项种种做法的深意。

比如他颠覆性的讲课方式，其实并非要告诉我们，他说的一切都对，而是说，不要盲从。当你对A深信不疑的时候，是因为你还不知道有B，或者C、D，甚至到Z。当你知道相反的B、C、D，仍旧回过头去选择A，这个时候的决定，才具有说服力。

多年的应试教育传统把中国的学生压制得太狠了，模仿、借鉴、抄袭，成绩证书一大堆，唯独看不到自我。

于是，在这个普遍安于奴役的时代，老项使尽奇式怪招，把我们拽出卑微的泥潭。即使无法像他一般来去无碍，如云似风，至少让我们懂得，自由思考的可贵。

大家争相模仿老项，学他欲扬先抑的表达，学他不同流合污的超然，但没有人能够真正学到他骨子里的狂狷，那是多年来一以贯之的东西，如山丘般稳稳立在身体里，不偏不倚。

我始终觉得，老项不属于这个世界，凡人离他的智慧和境界太远了。他孤独地按照自己的活法，走过了五十七年的人生，驾鹤西去。

据说，人在离世的时候，会先经过一条漫长的隧道，里面漆黑一片，彻骨冰寒。要一直走，一直走，一刻不停地走。然后在隧道的尽头，迎来一束温暖的光，如水般覆盖周身，拭去沿途经受的黑暗、寒冷与孤寂。光晕层层叠叠包裹着他们，护佑向前，穿越重重雾障，获得新生，最终抵达岸之彼端，不复归来。

你的成长，无人可以代偿

陈亚豪/

经历欺骗和伤害之后，
还能保持信任和爱的能力，
是人生最大的勇敢之一。

收到一个朋友的私信,留言的时间是夜里3点15分,将近一千字的长篇留言。他说看了我的一些文章后引起了很大的倾诉欲望,留言里大多是一些关于痛苦的经历,成长路上的那些苦闷和彷徨,他问我是否也堕落过、怀疑过。我认真地看了三遍他的留言,心里酸酸的,很久不能平静,写了很多啰啰唆唆的文字。在准备点击发送的那一刻,又把它们全部删掉了,只回了一句:"不要担心,一切都会好起来。"

昨天看了部电影,电影中有一个场景让我印象很深。男主角和同事们吃消夜,饭后大家各自离去的时候他突然追出去,跑到一个年长的老者面前说:"你是过来人,阅历丰富,我遇到点问题想请教你。"

年长的老者说:"你讲。"

男主角站在那里,吞吞吐吐,欲言又止,半晌也没说出什么。他双手插在外套的口袋里，脚尖茫然地踢着地面，抬起头来没有目的地环顾着周围，神情复杂而痛苦，但又极力表现得自然，可眼底却隐约闪着泪光，他心里其实很痛苦。老者看到他这副样子，半天憋不出一个字，便伸手拍了拍他的肩膀："You'll be fine. Don't worry, you will be fine.（你会好起来的。别担心。你会好起来的。）"他依旧站在那里，呆滞的表情好像在问："你怎么知道我会好起来？"

两个人缄默不语。老者临走前似乎有点儿不放心，回过头又拍拍他说："You will be fine, ok?（你会好起来的，是吧？）"他点了点头。

每次朋友找我谈心，虽然从不推辞，但到最后却常会自叹无用，只得自始至终充当一个倾听者。我努力地感同身受，组织语言，在准备安慰时脑袋却好像卡了壳儿，什么也说不出。可是当他们走后，一个人躺在床上，眼前又像过电影一般，浮现出很多过去的光景。

每个人的成长都是一台自编自演的独幕剧，即便别人参与再多戏份，也始终无法感受到你所有的悲欢喜怒。

曾经多少个夜晚自己彷徨失措，心中的苦闷憋到快要爆炸，可当走到可以倾诉的人面前时，那些迷茫又好像断了线的风筝，就那么飘在脑海里，却捕捉不到。这时年长的前辈看着我眼里的痛苦，却始终张不开嘴，只好拍着我的肩膀安慰我："不要担心，会好起来的。"我心里很失望，觉得这是可笑的废话。可当我现在面对年轻一点的朋友时，虽然心里真的有很多话想对他说，可最后还是只能安慰一句："不要担心，一切都会好起来的。"

就像电影中那位老者，很多时候纵然心底有再深的共鸣与同感，恐怕也只能说一句："Don't worry, you will be fine.（别担心，你会好起来的。）"

成长始终是一件需要独立面对的事情，无人可以代偿。

我六岁的时候得了一种神经方面的疾病，在当时是很怪的病，北京还没有医院可以医治。那个病很痛苦，类似轻微羊癫疯，但却是持续性发病。所以小时候所有的小朋友都把我当成怪物，不愿和我玩，一起嘲笑我、排斥我。有些老师上课时还会学我犯病时的样子，然后全班同学哄堂大笑。我常常在课上一个人低着头，忍着泪水握着拳头。那时几乎每个晚上都会一个人偷偷地哭，后来父母终于找到了一家中医研究所可以医治我的病。给我治疗的主治医师是一位慈祥的老奶奶，她告诉妈妈这病是由于天生的神经缺陷造成的，很难根治，并且容易复发，一定不能再受任何心理刺激。后来我就休了一年的学，妈妈每天带我去市里治病，全身上下扎满针，每晚喝两大碗糊状的难以下咽的中药。可有时候自己还是会犯贱，偷偷跑去学校找小伙伴玩，结果被人家嘲笑后又回来，晚上一个人躲到被窝里闷着头哭。虽然每次都极力忍住哭声，但还是会被妈妈听到。她听到后赶忙过来安慰我，结果每次到最后都是抱着我一起哭。

病治了整整六年，嘲笑、讽刺、孤独，伴随着整个童年。那时妈妈对我说的最多的一句话便是："你要相信，一切都会好起来的。"

所有的自卑、嘲讽、疼痛、迷茫、泪水，最后还是自己一个人咬着牙忍着，一步一步走过来了。

很多年过去了，每每和朋友聊到童年，自己都会闭口不语，不愿和人提起，但也是由于灰暗的童年，让自己提前被迫学会了坚强和隐忍。后来经历的事情再痛苦，回想一下童年的自己都会轻松地笑笑，现在会和很好的朋友偶尔说到那些过去的经历，每次还会自嘲两句。当你发现那些曾经让你最难过的事终于有一天可以笑着说出来时，也便真的明白了成长的意义。

高中那三年，算是自己成长道路上第二个灰暗的时光，那时因为经历了很多难以承受的痛苦，讽刺得简直就像小说里的生活。成绩从重点班前列掉到普通班中等，又受到校方处分，校方多次向父母提出希望我转学的要求，可这一切并不是自己的过错，也并非自己的意愿。那三年我整个人变得非常消极和极端，周围的朋友虽然理解，但不知该如何安慰，只好选择无声地陪伴。老师总喜欢在别的同学面前拿我当反面教材警示大家，在父母面前我又要努力假装轻松，实在不忍心让已经够操劳的他们还为自己担心，所有的苦闷和委屈只能一个人咽进肚子里，让它们慢慢烂掉。每天上课脑子里都是空白一片，就那么望着窗外，多少给自己一点宽慰。每晚都会一个人抽很多烟，一连几天睡不着觉。每个天空微白的早晨，自己只能擦擦湿润的眼眶，撑着混沌的脑袋继续去学校鬼混一天。堕落、迷茫、无助，是每天流淌进自己血液里的字眼，深入到骨髓。每个周末的晚上，自己都会半夜穿上衣服一个人去街上游走，那时候真是孤单无助。

那时的自己，消极、堕落、仇恨，怀疑一切善良，质疑所有美好，差一点儿就亲手毁了自己。

就那么迷惘着，被卡在某个甬道的半途，退不回去，也走不出来，虽然明知不想要眼前的这种生活，却又不知道自己想要的究竟是什么。每天总幻想着如果一觉醒来就可以像电影里出现一行字幕，已是数年以后该多好。

我不知道我这些曾经成长中的疼痛和迷茫，能否让你感到一点点的宽慰，也不知道这些成长中孤独和迷惘的感觉你是否感同身受。我并非矫情造作，也绝非借题标榜自己，只是想让你知道，你的成长不是例外，也并不孤单。

太多太多人的成长，倘若加上一点夸张的手法和渲染的词汇，都可以成为一部催人泪下的励志电影。

所谓成长，就是要逼着你一个人，踉踉跄跄地受伤，跌跌撞撞地坚强。

这个世上没有多少人像向日葵般，每天只要沐浴着阳光就可以安静地长大。

谁不是一边受伤一边学坚强。

有谁看到现在大大咧咧的他，能想到那些深埋心海的过去。有谁看到如今脸上总是挂满微笑的少年，会想到他曾在多少个夜晚蜷缩在角落里一个人孤单迷茫。每一个懂事淡定的现在，都有一个很傻很天真的过去；每一个温暖而淡然的如今，都有一个悲伤而不安的曾经。谁的成长不曾与泪水相伴，谁的成长不曾和孤独为友，谁的成长又不曾布满乌云。

但现在的我，现在的你，无论曾经多么迷茫和痛楚，都已走出乌云。虽然还有更深的黑暗在前方等着，但无论是什么，你都要慢慢学会一个人承受。你的成长，无人可以代偿。你也要相信，你并不是孤身独行，在这世间的许多角落有很多人正在和你一起经历、一起彷徨、一起摇摇晃晃地长大。

遭人误解，被人抛弃，受到诋毁，遇到贱人，爱情的伤害，梦想和现实的差距，每个人的青春里都会有几场大雨，谁也不能替谁淋。

我们都曾在成长的路上呐喊过、失望过、彷徨过、悲伤过，但你一定不要放弃对梦想的坚持、对爱情的相信、对美好未来的憧憬。

即便屡受挫折，也仍要在心中留存一道阳光；即便曾遭人欺骗，也要依然执着地相信简单和美好；即便尝尽冷漠，也要留住残存的温暖。

不要让那些你曾经所厌恶和痛恨的，最后把你变成了你最厌恶的样子，这才是成长对你最大的伤害。

经历欺骗和伤害之后，还能保持信任和爱的能力，是人生最大的勇敢之一。

无论多么深刻的伤害和惨淡的过去,无论是身体上的折磨还是内心的彷徨挣扎,最终都会在成长的道路上筑成属于你自己的风景。

走过之后,这些都是日后说起时,连自己都会被感动的记忆。

成长的路上,倘若没有一点惨痛的过去,又怎会迎来耀眼的未来。

一次痛彻心扉换一次成长,每个人的成长都是用痛楚和眼泪换得的,只不过我们都习惯了隐藏。可除了这样自顾自地倔强隐藏又能如何呢?没有人能代替你我长大。

不必奢求他人的帮助,不需依赖他人的陪伴,不要寄托于他人的解救。你穿过路上的灰暗,自会获得照进身体里的阳光。

恍然之间,就好像是一觉醒来,很多年过去了。回想起那些过去的成长,自己也想不起是如何走过来的。有时感慨,其实真的没有什么智慧或者阅历之类的东西,一切不过是因为时间,只要你能走过来,无论快慢。无论是带着微笑还是流着泪水,只要你能走过来。

我的朋友,你的忧伤、你的无助、你的迷茫,其实我全都看得见。

我的心里也全知晓,但是我所有啰啰唆唆的话,全是出于有心,却又好像无所用意。

也许你听不明白我在说什么,我自己甚至也不确定,但我所能确定的事情有一件:

"不要担心,你会好起来的,一切都会好起来。"

"You'll be fine, trust me.(你会好起来的,相信我。)"

迷茫就是才华配不上梦想

蓑依 /

不要迷茫了，
把当下的、手头的工作做到极致，
前途肯定会一片明朗。
请记得：如果需要反省，
一定不是在梦想上下功夫，
徘徊不定，
而是要在才华上卧薪尝胆，
反思它为什么不能日渐丰满。

因为写稿的关系,我认识了在杂志社做编辑的女生小陆,工作三年了,依旧时不时地被领导训到叫苦连天,每当这个时候,她都会发狠地说"再训我一次,我就跳槽",又过去了一年多,不知被训了多少次,她还是没有辞职,仍然口口声声"机会一到,马上走人"。

某一天,我问她说:"如果你不做编辑了,你想好去做什么了吗?"她停顿好久回答:"如果我知道我能做什么,早就辞职了。我现在迷茫死了。"我试着问:"你没有什么特别想做的事情吗?比如说从小到大一直有的梦想。"她不好意思地说:"有啊,我想去做导游,不是国内的这种,而是带国际团的那种。""挺好的啊,为什么不去试试呢?"我问。她撅着嘴说:"你知道的,我英语六级都没过,其他的语种一个单词都不会读,我连知道哪个国家有哪些景点都不知道,还怎么带别人呢?"我想也是啊,这个梦想虽然听上去光彩照人,但实现起来确实有难度。

好奇的我接着问:"为什么最后选择了做编辑呢?"她蔫了一样,说:"本科学的中文,又不想做老师、考公务员,自己比较喜欢而且相对来说容易找到工作的就是编辑了吧。当时来这个小杂志社时,信心满满,想着把它作为过渡,等到能力达到了,有了一定的工作年限,就跳槽去一个大点儿的杂志社,大学刚毕业时,我告诉自己:做一个好编辑就是我二十岁之后的梦想,但坚持到现在,我却觉得我一点儿不适合做编辑,社里来的新人都比我做得好,我作为老职工,却一直遭领导批评。我很纠结,我到底还能做什么?"

最近她把自己的心情换成了:"迷茫死了,什么活在当下啊,如果连自己应该做什么都不知道,你怎么就能知道自己现在坚持的就是对的。"说实话,看到这句话的时候,我是挺心痛的。因为我也有过很深的迷茫,到现在也还会时不时地对自己所做的事情感到怀疑,但是我也知道,迷茫是生活的常态,很多时候,它只是才华配不上梦想而已。我们所能做的就是一点点给自己的才华养精蓄锐,在梦想的道路上,狂奔得更快一些,脚踩得更踏实一些。最可怕的不是我们行动得慢,或是才华增长得少,而是我们一直停留在一个静止的状态,每天都在抱怨和厌倦中度过,而从没有为更好的自己做出一点改变。

小陆就是如此。虽然她经常被领导批评,但是我几乎没有察觉到她在努力修正自己的错误,每次都是发心情,抱怨一通了事,下一次遇到这种问题,同样的错误还会照犯不误。记得有一次,我们合作一篇人物专访的稿件,我采访完,整理好之后发给她,她告诉我字数有点超了,我说:"我正好在外地,不方便用电脑,你可以帮我删一下,或者你若是不着急用,就等我回去之后再改。"她没有回复,等我过了几天,打开电脑一看,那个稿件原封不动地躺在我的邮箱里,还附上了几句话:"因为临近截稿日期了,我就把稿子直接发给了主任,主任说字数太多,又把我训斥了一顿,你看到稿件之后,一小时之内一定要删改好发给我啊,我们一定要尽快,否则我就完蛋了。"我当时就惊呆了,与其让这个稿子在邮箱里放上两天,你作为一个编辑删删改改难道就不行吗?编辑难道没有这个责任吗?两天的时间足够改好一篇稿子了吧?

后来,我又听其他的作者抱怨她说:"有一次,忘记了写某个旅游达人第一次出国旅游的时间,其实在网上一查就可以查到,她却非得给我打电话,让我去查,那次,正好没能及时接到电话,她还生气了。"还有作者说:"我拿到样刊后,看到我的文章里有好几个错别字,虽然我有错在先,但是作为编辑帮作者改几个错别字难道不应该吗?"于是,我似乎知道了她为什么一直被领导训斥的原因,也明白了她为什么口口声声说自己迷茫的原因。

她不是被领导和其他人否定的,而是被自己否定的。既然你把做一个好编辑作为今后的梦想,那就应该从点滴开始,按照好编辑的要求来训练自己啊,可是她却没有,说白了,在工作这件事上,吊儿郎当,别说是同事不尊敬她,连作者有些讨厌她了。她所谓的迷茫,就是作为一个编辑的才华,还配不上她想作为一名好编辑的梦想。这怪不得别人,有好几年的时间,可以改变自己来实现梦想,但她却没有让自己的才华和能力,哪怕增长一点点,到最后,只能给自己一个迷茫的定位,艰难度日。

我曾经以为好多人的迷茫是因为没有梦想,但后来发现我错了,其实,每个人都是有梦想的,这个梦想可大可小,都是值得自己去奔赴的东西。我有一个表弟,从小到大就是不招人待见的"坏孩子",打架骂人,凡是和坏有关的事情他都会做。初中毕业后做了几年的厨师之后,突然转行去学习拳击,家里人都说他不务正业。有一次,我问他为什么会有学拳击的想法,他有些腼腆地说:"我从小就想当一个健身教练,上学的时候打架,觉得打得过人家,就说明自己力量大、身体棒,长大之后,才知道必须经过专业的训练才可以。我这种野路子出家的人,不知道可不可以,但我还是想试一试。"

才华也是,有大有小。有大才华的人连吃个东西都可以吃出学问来,而普通之人的才华大多数都是小才华,需要付出很多的汗水和辛劳才能取得那么一点点的进步。但即便如此，每天能处在一点点进步之中的人，绝不会迷茫，相反地，那些看不起或者无视小进步的人，才会真正地迷茫；那些对自己的才华不自知的人，才会真正地迷茫。

所以说，克服迷茫的方法，无外乎就是抓住现有的生活，狠狠地向前，努力让自己做得更好，而不是站在那里，仰望天空，抱怨未来的遥远。我想倘若小陆能够认真对待每一个稿件，即便她的起点很低，三五年的时间内，也足够完成一个华丽的转变，而不是像现在一样，如同刚刚大学毕业的学生一样，抱怨生活的艰难和工作的不适。

如果你有大才华，就去追求大梦想；如果你觉得自己的能力有限，才华也不够支撑起你的野心，那就安静下来，扎进小的失败和挫折中，汲取营养，如果不能成为豹子，那就成为一只漂亮高贵的梅花鹿也是好的，起码人见人爱。

不要迷茫了，把当下的、手头的工作做到极致，前途肯定会一片明朗。请记得：如果需要反省，一定不是在梦想上下功夫，徘徊不定，而是要在才华上卧薪尝胆，反思它为什么不能日渐丰满。

感谢你,没有选择放弃

这么远那么近 /

会有一人来到你身边送你四时明媚为你遮风挡雨,
会有一人来到你身边为你擦干眼泪还你美丽晴天,
他会让你懂得心心相印两情相悦,
他会让你明白终身所约永结为好。

1

过年假期在家时又见了H，他是我的初中同学，其貌不扬，腼腆内向，没有突出的才华，没有优异的成绩，中规中矩上学毕业找工作，现在是银行的职员，虽然平淡普通，但却一路顺风顺水，引来了许多同学的羡慕。这些都不重要，重要的是他现在已经是孩子他爹了。

H的老婆是他的同事，比他晚一年入职，暂且叫她Z小姐吧。Z小姐在加拿大留学多年，褪去了现在年轻人的种种浮躁，务实勤劳。Z小姐对H是传说中的一见钟情，于是受过西方教育的她开始了猛烈地围剿追捕，送礼物送食物送温情，一次被拒绝就两次，两次不行就三次，还是不领情就等下次。

H曾开车到我家楼下，和我抱怨了两个小时，讨教怎么才能甩得了这样一个黏人的女人。我当时笑而不语，心想这事情还没完呢。果然等到去年春节假期，我和H吃饭，他突然和我说已经和Z小姐在一起了。许是当时我的表情太平静，H疑惑地问，你就不觉得奇怪吗？

我笑了，这是意料之中的事情，男追女隔座山，女追男隔层纱，不早不晚也差不多是时候。H不好意思地挠头，H某次生病发高烧，Z小姐故意不去搭理他，一反往日的热情热络。在空荡荡家中养病的H没来由地想念她，就那个瞬间，他发现自己可能早就爱上了Z小姐。

好一个欲擒故纵，Z小姐比我想的要聪明。他低着头摆弄他面前的意大利面，低低地说，就那个时候，就觉得没她不行了。

后来他们结婚生子，一切看似发生得很快但却顺理成章。今年春节时我抱着他们刚出生不久的女儿坐在他们的新家，女儿认我做干爹，我也十分欢喜，开玩笑地对H说，你看，如果错过了Z小姐，你哪儿有这样的福气？

H又不好意思地挠头，倒是Z小姐平淡地说了一句话让我暗自感叹，沉默了良久。

Z小姐说，在能爱之前，赶快遇到那个对的人，不然就来不及了啊。

有人做过一个计算,假如人的一生是八十岁,那就是两万零九百天;假如平均每天遇到一千人,一生能遇到两千九百万人。如果除以中国总人数,那么和陌生人相遇的概率是百分之二。但如果我们能够和这千万人中的五千人相识,那么概率不足千分之二。而在这千分之二中再与一个人相爱,那么概率几乎为零,可以忽略。

但可以忽略不代表没有,我们总归是要与一人携手,而这种无法预知的概率,我们叫它缘分。这是很奇怪的事情吧,于千千万万之中,没有早一步,也没有晚一步,就在茫茫人海中恰好遇到一人,只是他,也只能是他。缘分的玄妙便在于此,而故事便从这里开始了。

等待和相遇是爱情中最常提到的名词,但这个故事里没有恒定的等式,也没有必然注定的结局。任何的举动都会带来之后的蝴蝶效应,爱是一个人的事情,恨也是如此。等待是一个人的事情,放弃也是如此。

准点到达是这个世界上越来越困难的事情,比如约会,比如航班,比如爱情。

如果那个人路途遥远，却准点到达你的身边，不要怀疑，那可以忽略的概率，那属于你的缘分，到来了。

2

有时我觉得心里冷冷清清，有些人请不进来，有些人不让进来。

如果说生活像是一面镜子，能够照出我们身上最细微的优点和缺点，那么爱情也能让一个人蜕变成更好的自己。我曾经说在爱里势均力敌才有意思，但现在却觉得平凡的自己，最终能够遇到一个心甘情愿的人就已欣慰。

每个人对爱情都有着最美好的期许和幻想，在相爱时挺身而出，在付出时倾尽所有，在付出时风雨同路，在幸福时感同身受。我们都想成为这个世界上最美好的人，遇到最完美的爱情，而当最终遇到和错失一些人之后才惊觉，这个世界上的纷纷扰扰，已经把我们变得千疮百孔，我们不是曾经纯净的自己，又怎么去拥有那个完美的爱人？

我曾经对H说，首先让自己，配得上你所期待的爱情。有些人会走进你的世界，有些人会成为你的世界，有些爱情会把我们变成更好的人，有些伤痛却会永远停在心里。爱与恨的交织永远不会停止，就如同南北极彼此对立和吸引，爱情有多么好，就有多么伤。而爱中的那个人，曾经我们多么爱他，或许时过境迁，就有多么恨他。

但我们依然期待着能够遇到这样一个可爱可等可恨之人。那个人现在何处，他如何来到你的身边，做怎样的事情，都有他的理由和命运的安排。我们只是需要不断调整自己，让自己变得更美好，更加适合恋爱，那么那个人一定会千里迢迢赴你之约，他一定会于千万人之中找到你，拥有你，陪你走上一程。我们只是需要去爱，去理解，去包容，已足够。

三毛写"你若盛开，清风自来"，便是这样的意思了。盛开在兀自安然的现在，到来在无人陪伴的未来。

Z小姐某次默默地哭了，她说她只是想要一场最世俗的爱情，就好像人间烟火。恋爱时有过甜蜜，有过幸福，也有过伤心，有过争吵，都是好的，起码还有一个人就在身边，他的嬉笑怒骂与自己有关。所以不管是吵了闹了，在一起了还是分手了，都是因为有他在，所以这一路上的结局，都可以看作是美好且值得的，这一路上，都不曾有过真正放弃的时候。

Z小姐告诉我，我不是非他不可，在这中间也有许多犹豫的瞬间，我做对了一件事情，就是勇敢地飞蛾扑火，不会躲在自己设置的假设性框框里，只要做一个坚持的决定，就总能守得云开见月明。

爱啊，就是这样子牵手走过一年又一年，经过了岁月的洗礼和现实的打磨，变得越发弥足珍贵，爱情的味道或许会随着时光消失殆尽，但彼此的陪伴却因为爱的起源变成了一种习惯。

这种习惯不是对待现实生活的妥协和退让，而是各自交换了身体和灵魂之后的默契，这份默契会成为两个人之间长久的契约，谁撕毁了这份约定，同样失去的，不仅仅是曾经陪伴时的时光，还有自己的灵魂。

很多事情或许会随着回忆变成了永远的过去，爱也是如此。当在爱时用力爱，分开时也不会惋惜，当在分开时更加懂得珍惜和对方的好，谁说不能再次相爱呢？人总是一路走一路丢，但丢弃的不代表不可以拾起，只要彼此依然念着对方的好，只要可以在以后的时光里懂得如何去爱，那么一切都还来得及。

爱的千姿百态，就如同盛夏中的花，开了又败，但等待来年春风起，感谢能够依然心中有你，也会感激那个人，以同样的姿态在爱你。

3

好在一切都过去了，H和Z小姐他们于千万人中相识相许，是幸运的。

不管曾经他们用什么方式在一起，或者谁追求的谁，都不重要。这个世界上的很多事情，不是输给了时间，就是输给了自己，输给了时间中的等待和忍耐，输给了自己的懦弱和放弃。

在这场爱情的游戏里，Z小姐无疑是赢家，她用自己的勇敢赢得了想要的人，还有那个人的心。如果用岁月为界限，必定之后回忆起也是荡气回肠。她曾经说，也想过要放弃，但可能性是微乎其微。

他们的感情势如破竹，但也没有兵败如山倒，只是以后的每一天都要开始考验彼此的守候，我说只能把每一天的相伴都当作最后一次，把这个人当作自己最后的港湾，才能长久永恒。人最是无常，爱也是，唯有守住自己和内心，才能守住属于你的爱和人。

有人总以为，在未来的日子里总会遇到更合适的，可是时光残忍岁月无情，等着等着自己就成了不会再爱的人，总以为爱是这个世界最得心应手的事情，可多年之后才发觉自己依然没有从这里毕业，说到底是荒芜了时光，耽误了自己。

也许，真正的爱人就在你的面前，或许已经出现在你的身边，我也曾经觉得那个人不会离开，那个人是永远就在那儿的。但后来经过了许多事情我才明白，一个不留神，一转眼一切就都改变，也许是一件小事，就会带来爱情的蝴蝶效应，你就失去了可以爱他的机会，后悔和错过，是爱中最遗憾的事情。

如果爱一个人，则应该像爱生命、爱世界、爱家人一样地爱他，如果能够对一个人说出"我爱你"这三个字，其实就应该是在说，我爱你，而经由你，我爱这个世界，并且也更爱这个世界里与你为伴的自己。

我曾经问H，你怎么就不再等等，说不定会有更好的出现呢。他摇摇头说，不等了，再等连这个人也要错过。爱本身就是一种遇见守候和责任，不是碰不到更好的，而是因为现在拥有了对方，就不愿意错过。也不是不愿意对别人动心，而是因为已经有一个人住在了心里，其他人就不再必要。更不是不会爱上别人，而是把爱情完全交付给了现在的人，就懂得了知足。

H说，能在一起不容易，老大不小了，没有那么多时间和力气用来遇到更好的,即使现在Z小姐不是最好的伴侣,但却是我最不愿意放弃的人。

这个世界上总会有一个人等待着你,无论你是在繁华的都市,还是身处茫茫的山野,无论是在绚丽多彩的繁华里,还是在洗尽铅华的朴实中,都会有一个人最终相遇,那么过去的一切不再重要,重要的是与之携手的将来:眼前的幸福会轰轰烈烈,但那个陪伴走过以后路途的那个人,需要细水长流。

或许,于H先生而言,爱情是死缠烂打,是每日问候,是矢志不渝,是坚持守候,是Z小姐在他说饿时端来的一碗清汤面,是他生日时亲手做的不加奶油的蛋糕,是忍着感冒走完三条街只是为了买到他爱吃的零食,是他说要辞职时义无反顾坚定站在他背后的身影,是一直笃定Z小姐会嫁给他成为他的妻子,是为他生下的可爱女儿,是一起生活,是相互陪伴。

或许,于Z小姐而言,爱情是飞蛾扑火,是勇往直前,是花费心思,是云开月明,是随手打翻她递过来的一杯温度刚刚好的茶水,是严词拒绝她不要再纠缠不要浪费时间的狠毒语言,是不接电话不回信息销声匿迹的狠心,是突然翻涌而至与爱有关的关心和问候,是抱着穿婚纱的她转圈的开心大笑,是抱着自己女儿时小心翼翼的表情,是豁然开朗,是不离不弃。

岁月真是捉弄人，不知道是谁从中助谁一臂之力，或者阴差阳错的美丽结局。不得而知，但这东西总是一个甜蜜的局，声势浩大，步步为营，那个曾经百般推诿的男人，那个曾经心猿意马的女人，最终都不敌爱情的攻势，欢天喜地，携手沦陷。

我们不用担心无法遇到爱人，而是害怕自己已经不能再爱；我们不用担心在爱的路途中跌跌撞撞，而是害怕在路途心灰意冷半途而废；我们不用担心为爱受尽伤痛千疮百孔，而是害怕把爱变成了目的和工具冷漠麻木；我们不用学习如何去爱，而是请小心无法再爱。

我们能够寻找的，只是一个懂己心的人，在日升月沉的岁月里，爱会伴随着夏季与花绽放，也会消失在冬季的鹅毛大雪里。真正的爱情，是岂不谈海誓山盟不求天长地久，但却风雨同路生死相伴；是已不论风花雪月不再琴瑟和鸣，但却花好月圆岁月静好。

千山万水临窗思慕，百转千回心中牵念。不要担心时间会耽搁了爱的足迹，不用怀疑我们尚且都在爱的找寻里，无人可爱先爱自己，有人要爱大胆去爱。在你能爱之前，岁月是月老，它会帮你遇到那个可爱可恨可等可叹的人，不管他何时姗姗来迟，或者以怎样我们意想不到的方式，但是，总会到来。

是的。会有一人来到你身边送你四时明媚为你遮风挡雨，会有一人来到你身边为你擦干眼泪还你美丽晴天，他会让你懂得心心相印两情相悦，他会让你明白终身所约永结为好。

愿你以爱为名与爱共生，愿你与之长相厮守天荒地老。

不再让你孤单

夏橙 /

少年时,
我们总把很多时刻当作整个人生的缩影,
其实那很傻。

1

当我还是一个小孩儿的时候,我问我的妈妈:长大了我会变成什么样呢?我会变得漂亮吗?我会变得富有吗?

我的妈妈狠狠地扇了我一巴掌,对我说:则林,你是一个小男孩儿哟!

所以,小男孩儿不是这样幻想未来的。

在闪闪发光的少年时代,我书读得少,但也不是全然没有梦想,只是当别人每次问起,我都不好意思说出口,因为我的梦想是当黑社会。

那时我妈信奉专家提出的"穷养男,富养女",因此我在2005年、2006年,每天一共有三块钱零花钱,一年算下来有一个保安的月收入。所以那是个贫瘠的年代,我仅靠着梦想支撑着人生。

记得在某个沉闷的午后,我带着仅有的梦想躺在长江边,看有着同样梦想的傻强站在长江边指着对岸的楼房,说以后那里有一栋会是他的,他会推平了建一个广场。我问他意义在哪儿,那时候还不太有"广场舞"这一现象,所以他也回答不出来意义在哪儿。

然后我们开始七嘴八舌地讨论各自喜欢哪一栋,买下来以后要干些什么。有一种假装自己零花钱每天不止三块钱的感觉。

聊着聊着,傻强说他饿了,我们也就都跟着饿了。我们一共八个人,把钱凑在一起打算吃顿好的,于是我们一共凑了四块八。去路边买了三碗凉面,我主动要求去端,发现自己只有两只手,只能就地先吃掉一碗,哈哈哈。我在旁边辣得倒吸凉气,看着他们七个人盯着两碗凉面发呆,没过多久,他们就抢了起来。

吃完之后,我们全然忘记了楼房这件事,人生理想降了很多个档次,变得更简单了:就是能不能吃完凉面再多加一瓶可乐。我们看着滚滚长江水咽着口水，等一个人先开口提议不如喝江水。

等着等着，终于等到堤坝边走来同校的两个低年级校友，几个冲动的人忍不住想扑上去，但老狗制止了他们。

老狗建议我们先一起盯着他们看。于是我们集体侧目看着他们，他们果然略显紧张，在离我们五十米时就忍不住开始用手捂口袋，老狗才长舒一口气："你看，他们果然带着钱。"

于是老狗和傻强去拦住了他们，两位小朋友就这样悻悻地帮我们圆了梦。

喝完可乐，我躺在一边伴着蝉鸣，听着他们各自打嗝的声音。傻强则在旁边，继续数着对面的楼房。我眯起眼睛看向高远明净的天空，没有一只飞鸟。那天的天空，纯粹得像傻强的智商。

2

傻强和很多名字带"强"字的人一样，智商颇低，并且最后都会被人叫作"傻强"。我认识傻强是因为他家住我家对面。

每天早上我背着书包上学,都会看到他从楼里走出来,双手抓着双肩背包的肩带。他总是一副自己给自己军训的样子,目不斜视,昂首挺胸,一直前进。两个人照面打多了,自然就渐渐拉近了心理距离。

那时的我虽然不学无术,但也不是一无是处。在极度的无聊中,我用作业本编纂了一本《青少年低端泡妞指南》,在年级间广为流传。

在某天隔壁班的傻强跑过来跟我说:"嘿嘿,我经常在楼下看见你。"

我点点头说:"我也是啊!"然后我们就正式认识了,傻强告诉我他暗恋他们班长,向我请教泡妞的技巧。

我抬起头,掷地有声地丢给傻强三句话:

"跪舔你就输了。"

"站着把妞泡了。"

"胆大心细,绝不要脸,要脸谁还泡妞啊。"

傻强激动得差点给我跪下,但我用眼神制止了他,毕竟我不是邪教组织。后来果不其然,傻强带着我给的三句"爱的箴言",完全泡不到班长,因为我没有告诉他其中的重中之重:主要还是得看脸。

傻强受挫了挺长一段时间,一直不怎么敢见我。因为他觉得有愧于我,我给了他泡妞真谛,他却泡不到,他觉得自己简直丢了我的面子。

直到有一次学校统一打疫苗,傻强打完以后看到自己一直暗恋的女班长躲在角落抽泣,旁边的同学安慰她,告诉她别怕,其实没那么痛,但班长还是一直抽泣着摇头。

傻强看在眼里痛在心里,一咬牙,去报上班长的学号,替班长又挨了一针。那天下午傻强正在座位上直冒冷汗时,远远走来一个外班的男同学,自称是班长的男朋友。他告诉傻强:"别以为你帮我女朋友挨了一针就能改变什么,我们一样当你是个傻子。"

然后他们扭打了起来,傻强被打傻了。

放学的时候，傻强咬着真知棒，看着班长和外班的男朋友手牵手有说有笑地走在回家路上，心如刀割。

傍晚，傻强坐在我家楼下哭泣，我只是静静地坐在他旁边。

傻强说："是不是得做个小混混才有女孩子喜欢？"

我说："不一定。但概率会大点儿，毕竟少女都爱追风男子。"

傻强又说："其实有时，我也想当个小混混。"

我听完呵呵一笑，然后严肃地拍了拍他的后背，直视着他的眼睛，认真地对傻强说："如果你有梦想，那就去追。"

傻强半张着嘴望向我，心里就此悄悄地埋下了梦想的种子。

3

自从傻强被毁了人生观和价值观之后，他渐渐在学校里赢得了所谓的"尊重"。他父母经常收到学校的投诉,但他们也没太在意,因为傻强还有一个各方面都非常优秀的亲生弟弟,所以父母对傻强没有任何期望和要求。

傻强感情受挫,加上父母的不管不顾和对弟弟的严重偏心,他渐渐产生了破罐子破摔的心理,变本加厉,越发大胆,学校也不去了,家也不回了。

按他妈的说法就是:"你今天看着他背上书包走出家门,然后绝对猜不到他会在哪年哪月再回来。"没过多久,傻强就被逐出了家门。

无家可归的傻强每天在外面跟着一群不上学的孩子瞎混。主营业务是收钱帮中小学生解决矛盾,恐吓同伴。业务不好的时候,傻强也试过拿着一个橘子站在网管面前,要求换取半个小时的上网时间,网管震惊之余,还是答应了他。

那些同龄人们渐渐都很怕傻强,觉得他人傻胆大,基本惹不起。加上他认了一个大哥,大哥告诉他:"人在江湖,不是你瞟我一眼,就是我瞟你一眼,所以平时人家看你,无论如何你都要看回去,这样才不输你的气质啊。"从此傻强就总是一副凶神恶煞的傻样，眼神像条哈士奇。

由于他学习了这个特别的"涨气质"技巧，我跟他在一起时，经常无辜被打。有时吃个面人家只要看了他一眼，他不管那张桌子上一共坐了多少个人，都要直勾勾地盯着人家看回来，直看到人家怒从心头起，然后就会打起来。这种时候我一般上去随便被人碰一下就躺着不想起来了，免得爬起来继续被打。

有一天，我看着自己新买的阿迪达斯白色外套上全是不久前留下的泥污和脚印，忍不住忧伤地问了一句傻强："你为什么总是跟着我？"

他过了很久才尴尬地说："不知道啊，跟外面那些人瞎混完，我就只能来找你了，感觉我只有你了啊。"

我无奈地叹了口气，然后告诉他："那你以后别总惹是生非了，至少在明显惹不起的时候。"

他严肃地看着我："但我们不是说好要当黑社会吗？"

我不知道说什么好，我纯粹是因为当时不学习又没钱，觉得至少要拥有一个梦想，人生才完整。我说："我们走吧，我累了。当黑社会并不好。"

傻强在旁边点点头，然后我们傻傻地望着天空发呆。过了一会儿，我问傻强："你还真准备再也不回家了啊，每天就这么在外面瞎混吗？"

傻强没有说话，也没有表态，脸上浮现一股难得的忧伤，告诉我："以前他们觉得我傻透了，现在觉得我坏透了。"

过了一会儿，我拍拍傻强说："其实你不坏。"

4

在一个中秋，我和家人吃完饭，傻强给我的小灵通打电话。我下楼看到他，整个人神清气爽，衣服干净整洁地站在那里，拖鞋也变成了一双二手球鞋，抱着一个大瓶装的可乐，笑嘻嘻地看着我。

我看着他先是一愣，没等我开口，他就喜气洋洋地告诉我说他打算回家，但有点儿怕，让我陪他。我听了微微一笑，然后让傻强等着，我跑上楼去拿了几个月饼下来。

傻强路上时不时地傻笑着，抱着一大瓶可乐、拿着一个月饼到了家门口，犹豫半天。我以为他紧张，就打算帮他敲门。但他制止了我，我不解地看着他，过了一会儿，才发现他好像在听着什么。

我取下塞在耳朵里的两只耳机，把耳朵顺着门的方向贴过去，然后听到门的另一边传来一阵又一阵的欢声笑语。通过声音就能想象里面一大家子人那种其乐融融的氛围。

我们就这样静静地站在楼道里，感觉时间漫长。傻强看向我，眼神里带着一种傻傻的悲凉，没有说一句话。

过了一会儿，他蹲了下去，把可乐和月饼放在门口，站起来一个人转身走了。我想说点儿什么，但又不知道从何开口。

我们坐在路边，傻强静静地看着远处，傻强问我："我是不是多余的？"

我说："其实你不敲开门，又怎么知道呢？"

傻强没有说话。

我想起了那些日子里，常在周末发现傻强像死尸一样直直地睡在我旁边，我一巴掌拍醒他，他告诉我是保姆放他进来的，他跟我家保姆是同乡。还经常在晚上，傻强用楼下小卖部的电话找我，让我随便端点东西下去给他吃，吃完他就去网吧睡觉了。

偶尔傻强不知道从哪里弄来好几百块钱，又叫我一起出去唱歌。他就这样有一天没一天地度过少年的时光。

我忍不住一阵心酸，过了一会儿，从兜里拿出一个月饼，撕开包装掰成两半，和傻强一人一半，跟他说："中秋快乐。"接着月饼，傻强眼睛就红了。

然后我又拿出MP3和耳机，和傻强一人一只。我们在月光下，看着街上稀疏的人流，我放起了一首《不再让你孤单》。傻强靠着我的肩膀默默地流起了眼泪。我拍着他的头，也流起了眼泪。

那天之后，傻强很少来找我了，我也很难找到他。他没有固定的电话，也没有固定的地方。我时常盯着他家楼下，想起那个走路昂首挺胸的纯净少年。

5

一直到很多年后,我离开了那个熟悉的地方,夜里常常寂寞得睡不着觉,忍不住开车穿过一条又一条的马路,漫无目的地瞎逛在城市里,经常会听《不再让你孤单》,经常会想起傻强,也是那时才懂得了傻强傻傻的外表下,藏着怎样的心境。在最不能孤单的时候,他一直过得很孤单。

二十多岁时,我才再见到傻强,他已经变了个样,看起来也不傻了。他站在人群中显得成熟稳重。我问他在干吗呢,他说他在帮家里做生意。

我也没问他什么时候回的家,但他告诉我当初家里把他赶出来,其实是因为他出于嫉妒,好几次把自己的弟弟打得鼻青脸肿,父母一怒之下才把他赶了出去,这是他一直没告诉我的。

他后来也做了很多对不起别人的事情,比如没钱的时候把好朋友的手机拿去卖掉,住在别人家,偷了别人的东西,等等。而且他父母很早就来找过他,求他回家,但他因为怄气,一直不肯回去。

我心里微微一颤。傻强看着一脸惊讶的我,笑着对我说:

"但我一直记得那年中秋，和你坐在路边，你给我放《不再让你孤单》，和我一起吃月饼，那之后我就没来打搅你了。"

我说："记得有一次我们玩得州扑克，有一局你牌不好，我劝你做人别屌，跟牌跟到底，结果一局就把我们仅有的钱输光了。其实那天我错啦，如果这局牌不好，那就放弃吧，没必要为了怄气把下一局、下下一局也毁了。"

他笑着点点头。

6

那天，傻强临走时问我："是不是觉得我很坏啊，以前？"

然后我想起那个中秋的夜里，傻强跟我说："以前他们觉得我傻透了，现在觉得我坏透了。"

我拍拍傻强说："其实你不坏。"

因为很多年前，有一次凌晨吃夜宵，一个背着麻袋捡空瓶子的老爷爷经过，傻强马上把手上的半瓶可乐倒了个精光，追上老爷爷，把瓶子给了他。

那时，能多喝一瓶可乐，可是我们的一个小小理想呢。然后我对傻强摇了摇头说："只是世事难料而已。"

少年时，我们总把很多时刻当作整个人生的缩影，其实那很傻。

真相在你手里吗

/ 羊乃书

世上没有绝对的真相,
但我们可以无限追索,
试图不断逼近它。
像是面对一件精密的仪器,
要用胆量、逻辑、专注、耐心、细致,去把它复原。

几年前,我在一家电视台实习。

总编室的领导翻了两下我的简历,把我安排在了一档法制调查类栏目。

每个实习生都会安排一个辅导老师,带我的编导,我管他叫曹君。

曹君长得憨头憨脑,一开始我觉得他大不了我多少,后来才知道,人家婚早结了,儿子都三岁了,人生赢家。

刚开始,我每天的工作就是送录像带,陪主持人进棚录像,转写记者采访的视频,坐在编辑室里面做简单的视频剪辑。

带子是二十世纪九十年代家用录像机那种,大卷大卷,堆成一高摞。栏目组的办公楼与电视台主楼隔着一条马路,我抱着它们，下四楼，过马路，坐电梯上三楼，放在各栏目的专用柜里，再抱着一摞已播出的带子，坐电梯下三楼，过马路，上四楼，放在负责后期的老师的办公桌上。

曹君一半的时间都在外采访调查，我便像独守空闺的怨妇，窝在窄小的格子间里，听着全国各地费解的方言，一个字一个字在键盘上敲出来，以便之后做成字幕。

半个月过去，我感觉青春快在这种简单而无聊的重复劳动里消耗殆尽了。于是，每次看曹君出门，都软磨硬泡让他把我捎带着出去看看。曹君一边装出一副义正词严的表情，一边尴尬地笑笑："台里有规定，不让带实习生，嘿嘿，嘿嘿。"

我默默在心里把他狂扁一顿，走回隔间，戴上耳机，继续看着一个大妈满脸愁容地向着镜头诉苦，那是一期关于土地问题的节目。

头天晚上跟朋友在街边吃串串香吃到大半夜，昏昏欲睡。

制片人从里间办公室风风火火走出来："曹君，吉林那边出了个高中生的命案，你联系摄像，立马赶过去，拿到第一手调查。"

我顿时清醒过来："我申请，自费一起去，学习。"

制片人愣了两秒:"行。"

风急火燎地买了最早到长春的机票,曹君一路上都在联系当地媒体的熟人,同时在头脑中规划着采访的思路,嘱咐我密切关注网络上随时可能出现的最新消息。

看得出他的神经绷得很紧,但久经沙场,又透着淡淡的从容。

这是我第一次不带行李出远门,事件永远是突发的,命令也不知道什么时候会来。大概干这一行的人,必须对随叫随走的节奏习以为常。

整个节目组像是一支训练有素的军队,散发着浓郁的雄性荷尔蒙味道。每个人都长着一只猎犬般敏锐的鼻子,能第一时间嗅到新闻。

原计划是先到医院。飞机刚一落地,曹君就接到电话,说人已经不行了,去殡仪馆吧。

三个人紧接着就往殡仪馆撵,刚到门口,已经围了不少记者,一个女人号哭着:"放那个棺材里头,嘴就往外渗血,碰一下就淌血,止不住,后来拿毛巾垫着。"

我汗毛登时竖起来,即使因为人多而显得闹哄哄的,一股恐惧,一下子攫住了我,像是被人一把抓起,关进地窖。

事件的主角是两个高三的学生,陈鹏和田浩,在篮球场上发生了口角而大打出手,后来由于社会人员的介入,事态失控了。

曹君把我从人群中拽出来,说这儿人太多,先去事发地点看看。

那是一家再平常不过的体育俱乐部,占据着一幢三层高的小楼,硕大的招牌霓虹灯闪烁。门口的保安显然已经对不断到来的媒体不再感到新鲜,看了看我们的证件,就放我们进去了。

这里照常营业,生意火爆,二层的所有篮球场地都被占满。

只是地上血迹犹在,斑斑驳驳,触目惊心。

"冲了,但冲不干净。"清洁阿姨说。

曹君开始对着镜头讲话,我下楼,走到门口的保安身边,跟他一起,看着夜晚马路上流浪的车灯,拖成一道柔长的红色光影。

"您当天值班吗?"

"嗯。"

"当时来了多少人?"

"二三十个吧。"

"都拿刀?"

"每个人都拿。"

"能确定这些人是孩子母亲叫来的吗?"

"他们问那孩子的父亲,说姐夫怎么办这事,他姐夫说都孩子打啥呀。"

"然后呢?"

"孩子他妈就说:'你们给我砍,砍死了也不用你们管,我们都有人,就是杀了他也行。'"

十月的长春,夜晚已经很凉,比起南方的秋天,这里的秋天来得更为彻底。稀少的灰尘和汽车的鸣笛,随着一阵凉风而来,我竖起衣服的领子。

疼痛的呻吟、焦虑的面容、消毒水刺鼻的气味,交织在田浩昨天被送往的医院。但他住过的病房已经住进了新的病人,看不见一丁点儿留下的痕迹,而他不过是中午时分才从这里被拉走而已。

曹君轻车熟路地找到了科室。

穿着白大褂的医生坐在办公桌后,病历堆在桌子旁。曹君说明来意,医生略显不耐烦,但并不妨碍他顺利拿到一份手术记录。

大家在走廊的排椅上坐下来,细细地看那页纸,我也伸过头去。

密密麻麻的小字,用极为浅淡的墨水,漫不经心地叙述着田浩的伤情。我用目光一扫而过,迅速捕捉到了几个关键词,显示身体部位"断裂"的字眼多达九处,"骨折"的字样出现了三次。

在此之前，曹君已经拿到了一份还未流通出去的视频资料，三十五秒。三十五秒的视频里，田浩躺在病床上，伤痕累累，左手腕部几乎被齐齐斩断，只剩一点儿皮肤连接，右手腕的伤口也非常严重，头部有好几处刀伤，刀刀见骨，身上缠紧的绷带不停地渗出鲜血。

"妈别碰我，我浑身疼啊。"

"哪儿疼？"

"哪儿都疼，你别碰我了。"

我感到身体不受控制，四肢往回缩，背紧紧靠着墙，想要找到一个支点。

我们又驱车赶回殡仪馆，那里聚集的人明显比之前少了。

曹君在灵堂里，找到了当时跟田浩一起打球的同学。十七八岁的少年，脸上还留着稚气，眼神中的慌张和惊惶让那些一米七八的大男孩儿们变得有些令人心疼。

"能跟你们聊聊吗?"

两个少年点点头,随我们走到外面的花台边坐下。

"谁先到的球场?"

"我们跟陈鹏。"

"那田浩呢?"

"他们后来。"

"怎么打起来的?"

"两边的人发生了身体碰撞,就打起来了。"

"谁先动的手?"

"没看清。"

与俱乐部保安叙述的平静不同,他们的回答显得格外隐忍。那大约是因为被悲痛兜头浇下,是命运给尚且年少的他们,一记沉痛的重拳。

"没关系,你就说你看到、听到的就可以了。你参与打架了吗?"

"我看到他们打起来了,就往前走了一步,被打倒了。"

陈鹏的眼角在厮打中受了伤,便立马拿起电话打给父母。十几分钟以后,陈鹏爸妈就开着一辆奔驰赶了过来。

"有人砍过来,我躲开了。田浩开始就挡,挡完之后就跑,但没跑得掉。"

曹君提问的速度很快,一环扣一环,严丝合缝。

男孩儿将头深深地埋入两手之中,那是极为血腥残忍的记忆。田浩就如一只任人宰割的羔羊,在数个成人的围殴之中,发出绝望的呼救。

背后的殡仪馆大厅里亮着清冷的灯,我不知道这样的提问,对于此时的他来说是否显得残酷,突然有些于心不忍。

随后,是叫来打手的陈鹏家人将田浩送到了医院。

"陈鹏他妈是背一兜子的钱来的,当场拿了四万,说事就能解决,他家开煤矿,不差钱,就有钱。"另一个同学低头把一片落叶折成三折,回答我们。

走过最后一抹夜色,回到宾馆。

当天晚上,新闻就出现在当地的报纸和网站上。曹君也把采到的画面先传了一部分回台里,剪成预告片。据田浩家人和同学透露,陈鹏家庭背景殷实,网友很快就给他贴上了"富二代"的标签,一边倒地声讨着陈鹏家人令人发指的行径。我默想着事情的来龙去脉,觉得一切已经水落石出,兴许明日晚些时候,就可以打道回府。

神思不稳,睡得很浅,清晨五点四十便醒来。

天微微亮,晨光顺着窗帘的缝隙溜进来,温温软软地洒了一地。

曹君急切的叩门声,生硬地打断我暂时的放松。我打开门,看见一张面带倦容的脸,但他讲话的频率暗示了,此刻他的大脑再次进入高速运转。

他双手托着一台电脑:"凌晨出了这篇帖子。"我瞄过标题，《陈鹏与田浩事件真实过程，如有虚假，天打雷劈》。发帖人自称是陈鹏的同学，事发时也在现场，我很快浏览完，看到田浩在里面，被形容成一个嚣张跋扈、有意找碴儿的"校霸"。就是这篇帖子，一夜之间迅速扭转了网络舆论的形势。有人说田浩仗势欺人，有人说他罪有应得。

就在我们准备出门采访的时候，另一篇跟帖出现了。

这篇新帖尽数田浩在学校的种种劣迹，诸如欺负女生，将其打致胃出血，他家也是"富二代"，等等。

事件似乎愈加扑朔迷离，在种种不断浮出水面的说法面前，真相哑口无言。

我们赶到田浩家中，头天晚上还面对我们镜头的田浩妈妈和姐姐，此刻闭门不出，拒绝接受采访。

朴素的灰色居民楼，最寻常的防盗门，深紫，细看有些锈迹。敲起来，便知道只是一层铁皮，单薄而空洞。我们守在门外，几乎是跟他们喊话，但回应始终只有一个字："不。"偶尔传来剧烈的咳嗽，我把耳朵贴着门，听到痰卡在喉咙深处，浑浊的呼呼噜噜的声音。

走出小区，拦下一辆出租车，曹君问："师傅，可以抽烟不？"

"抽一支吧。"

曹君顺手也拿一支香烟给他。

摄像大哥也燃起一支。

三个男人就这么默然地抽着烟，车开过一闪即过的路口，开上不知名的高架桥，疾行在穿梭的车流里。

一夜未安眠，曹君的眼睛下面有月牙形的黑眼圈，面色寂然。我想起他说过，干电视这一行的辛酸，如今大抵能感受些皮毛。要是想要挣钱，这绝对不是条好路子。

它仅仅在很偶然的机会下，才让人名利双收。尤其是做调查记者，风里来雨里去，活脱脱一个新闻民工，拿的工资仅够养家糊口。自己的名字在节目片尾打了六年，但没人记得住，可是他喜欢穿梭在错综复杂的生活里，因为不同的调查对象，而活过很多种不同的人生。

我问他，到底相信关于陈鹏的消息，还是田浩。

曹君轻轻吐烟圈,说自己只相信真相。

真相是什么,能让人吃饱穿暖吗?

师傅推起"空车"的标志,付过钱,我们打开车门下去。

这里是田浩就读的中学,位于长春的闹市区。

怕行头太明显,曹君让摄像在校外等着,自己拿着偷拍机器,挡在外套下面,想要进入学校。

他谎称自己是学生家长,要去找班主任了解孩子的情况。门卫从值班室里拿出一份全校学生的花名册,照章办事的姿态:"你孩子哪个年纪哪个班,叫什么名字。"

"妈的,这招儿太狠了。"曹君在心里悻悻地骂。

"你怎么不强行冲进去,电视上记者不都那么干吗?"等他走过来,我问。

"每一个决定牵扯的问题都很复杂,不能蛮干。校方拒绝,是出于自己的考虑。不要一遇上难题就硬碰硬,那种画面很热闹,没错,观众爱看,但并不是职业素养的体现,我们可以想别的办法。"

摄像大哥买了三根冰棍过来:"降降火。"都十月了,降什么火。

我们在校外一直苦等,等到学生放学,汪汪地一波一波涌出来。

曹君三步两步赶紧追上前去,终于找到了田浩的同班同学。毛头孩子们面对镜头措手不及,说出来的话基本是条件反射,要不没听过这事;了解的人,都说他不过是老实的高三学生,偶尔调皮,但老师的话也都听,为人豪爽仗义,朋友被欺负就想去帮一把。

折腾了一圈,再次回到了那个体育俱乐部,篮球砰砰地在地面上砸出声响,像是蓬勃而有力的心跳。

我们仨坐在一个篮筐底下,面前那些年轻的身体,挣脱地心引力的束缚,轻盈地跳起,收束于一个漂亮的扣篮动作。

身后的人群一阵拍手叫好,场上的男孩儿们汗如雨下,脸色泛红，使劲儿的时候能看到凸起的血管。我下意识摸了摸自己的皮肤，摸了摸跳动的脉搏，也许这就是生命最温柔、最完整的体现。

我们在长春又待了一夜，事情变化的速度远远超过预料。

第三天上午，从警方那里得到确凿的资料，陈鹏的父亲并没有经营煤矿，只是煤矿开采相关设备的个体经营者，家境确实不错。但死者田浩的家庭并非如外界传言，有两家公司，不过是普通的工薪家庭。

在那段惨不忍睹的视频里，田浩不断地喊疼，特别特别疼。

就在之后的几分钟内，他的手臂开始渗血。医生说，大动脉折了，刚才没出血是因为血栓堵上了，这会儿就嗤嗤冒。

他临死的时候，连自己的父亲也没见上，医生一直做人工呼吸，其实心脏已经死了。

十几分钟，毁了两个家。积沙成塔难，让它坍塌却可以不费吹灰之力。

采访完成，曹君像突然想起了什么似的，转过头来。

"以后别再问别人，你相信谁。"

"嗯？"

"只有愚蠢的调查记者才问这种问题。"

他说起他刚干这一行的时候，见到有人哭就觉得他说的铁定是真的，有人给他塞好处费就觉得内情有猫腻。后来经历多了，也没那么傻了，哭可能是逢场作戏；而塞好处费，有时其实是绝望之中别无他法的下策。他开始从各种眼神里看出真真假假、虚虚实实。

我一边唯唯诺诺地应着，一边又甩出一个令他始料未及的弱智问题。

"你觉得这期节目要得出什么结论？"

"为什么要有结论？"

节目的落点不是结论，也不是为了要解答所有的问题，它更多是一种呈现和还原,但不能将自己的判断强加给观众,不能粗暴地强奸他们的想法。

"可是,可以百分之百地还原吗?"

"几乎不能。"

钴蓝、湖蓝、靛蓝、碧蓝、蔚蓝、宝蓝、藏蓝、黛蓝、瓦蓝、湛蓝、锐蓝、水蓝、孔雀蓝,它包含着若干可能性,潜藏着人们了解或永不知晓的隐情。因此所谓的诚实,仅仅是一种局限性的诚实,尽管我们尽力去还原,但从理智或情感上,都做不到。世上没有绝对的真相,但我们可以无限追索,试图不断逼近它。像是面对一件精密的仪器,要用胆量、逻辑、专注、耐心、细致,去把它复原。

曹君完成一期选题的周期大约是一周,每次都冲锋陷阵全力以赴。周而复始,像神话里的西西弗斯,推着那块沉重的巨石,到了山顶又不可阻挡地滚落下去,一遍一遍地重来,从纷繁的细节入手,错与对,未知与已知,实话与谎言,熔于一炉,必得以锐利的目光,穿过荆棘丛林的迷雾缭绕,抵达原点的真实。

我离开那个栏目以后,还常常去网上看曹君负责制作的节目。到了后期,他胆子越放越开,迎着那些重大选题逆流而上,手法愈加细腻,层层剖解,揭开一个又一个复杂的斯芬克斯之谜。

正如他所说,他并不能理解每一桩事件的全部,无人可以,但每一次理解、努力和尝试都不会没有意义,它构建着我们所处的时代,使我们成为我们。

浪子

张志莉 /

我想告诉天下每一个浪子，
请你回头看看。
看看你的老母亲，
看看你的前半生。

我最终还是娶了一个我妈给我介绍的女人。

她身高一米六，体重七十公斤。俩大脸蛋子总是隐隐地泛着红光，笑容就像早些时候的贫农一样敦厚。她不太会说普通话，只会说她老家那儿乡音极重的方言。无论春夏秋冬永远爱穿一条宽松的黑色长裤。跟我结婚之前她从来没穿过高跟鞋和裙子，也不知道粉底是什么东西，洗完脸最多往脸上擦点儿蛇油膏。

她是个朴实直率的女人，没念过什么书，却也知道敢爱敢恨。只要我不在外面乱搞，她就会一辈子老老实实地给我做饭洗衣生孩子。但是如果我干了什么坏事，吵架时她也能顺畅地骂出声来。

不过，洞房花烛夜时我知道了二十六岁的她还是个处女。这点倒让我挺满意。

昨天我妈跟我说她面相旺夫，是个过日子的女人，让我一定好好珍惜。我说我知道，然后笑了笑。

我已经再也不想忤逆我妈的任何一句话了。

小时候啊，家门口路过一个算命的老先生，他看了看我的面相，然后告诉我妈，这孩子以后是个武将。要么揭竿而起，要么恶贯满盈。

他算得不准。

如今我在一个闭塞缓慢的小县城里安安稳稳地生活着，住在一栋我爸妈用攒了一辈子的钱给我买的八十平米的楼房里，每天骑着自行车规规矩矩地上班，月底拿两千五百块的工资。交给我的胖媳妇两千，剩下的五百我自己买烟抽或者偶尔请同事们吃饭。

很多个夜深人静的时候，我的胖媳妇打着呼噜睡得很香，我就会给她掖好被角。然后起来去阳台上抽根烟，夜色静谧，远处有零星的霓虹闪烁。我都会想起我那个好看的前女友。不知道此时她睡在谁的床上，身边的男人对她怎么样。

其实，我的前二十八年，也挺浪的。

上小学的时候，我家里穷，我个儿也矮。我们班里有个家里卖橘子的小男孩儿，仗着自己有俩臭钱，看不起我。我心里一直讨厌他，但也没说什么。可是有一次他故意推倒了我，那一刻，我心里沉睡着的小兽被唤醒了。

我红着眼睛疯了一样向他冲过去，他被吓到了，然后我给了他狠狠的一顿胖揍。

从那天以后，我知道了武力的重要性。之后的二十多年，我靠着拳头征服了无数我看不顺眼的小兔崽子。

刚上初中不到一个月，我就统领了学校里的"黑帮势力"，整天带着我那帮小兄弟们耀武扬威。

初二的时候，班里转来一个城里的小姑娘，长得贼好看。我看见她的第一眼，就知道自己情窦初开了。当时虽然有很多男孩子都喜欢她，但是他们都太厌，丝毫对我构不成威胁。

其实我长得挺有男子气概的，剑眉星目，加上我从小学就一直喜欢锻炼，所以体格匀称，穿什么衣服都好看。我对那小姑娘献殷勤献了两个礼拜后，她就被我拿下了。

在一个月明星稀的晚上,我带着她一起逃了晚自习去操场上散步。那晚我第一次拉了她的手。她的手绵绵的,特别温暖,特别小,柔弱无骨,让人忍不住怜爱。

可是还没来得及继续深入探究探究那小姑娘,我就出事了。

隔壁初中的一个男生打了我的一个小弟。

那天早上我带了两个兄弟埋伏在那个男生的家门口。我拿着一个麻袋,打算等那个男生出来以后用麻袋套住他的头,然后让兄弟们用乱棍打他。

结果那天那小兔崽子跟他妈一起出门。他看到了我们手里的麻袋和木棍,就开始喊人。我让我兄弟往楼下跑,我自己往楼上跑,到六楼的时候我看见他们家的人快追上来了。

我想,我一定得跑出去。

然后我一脚踩断了不知道谁家放在楼梯间的拖把,拿着拖把棍一路乱挥冲了下去,也不管有没有砸到谁,就那样不管不顾地跑了下去。最终我跑出来了,我那笨兄弟反倒被他们逮住了。他对那家人供出了我家的地址。

第二天,他们一大家子人来到我家。

那天,我和我爸妈正好不在。家里只有十岁的我妹妹和八岁的我弟弟。听我妹说,那天家里的院门没关,他们一大群人就那么浩浩荡荡地走了进来,男女老少都有。其中为首的男人手里还拎着一块砖。

他问我妹:"杨大成呢?"

我妹说:"出去了。"

他问:"什么时候回来?"

我妹说:"不知道。"

然后他们一大群人就站在我家院子里等我。

后来我回来了。我还没进门的时候,我妹在家门口拦住我,告诉我有人要来打我,让我出去躲躲。

我说,没事儿,别怕。

我的傻妹妹啊,我惹的事儿,我要是躲了让你一小丫头顶着,我还有脸给你当哥吗?

那天的我,任由他们辱骂和拳打脚踢。有个老太婆甚至拿绳子勒我的脖子。有个男人举起砖头要砸我的头,我妹歇斯底里地哭喊着"不要",声音很大。那个男人的砖头没有落下来,那一瞬间,我看着我妹,觉得心疼。

后来我爸回来了,我爸一直不太有出息,胆小怕事。那群人说要带我去派出所,我爸大概也是对我绝望了,他挥挥手让他们带我走。再后来我妈回来了,她死死地护住我,说她绝不允许有人欺负她的儿子。

那天下午,我妈和那群人唇枪舌剑了好久好久,双方的唾沫星子满天飞溅。

那件事后来怎么解决的我记不清了,我只记得我妈一直把我护在身后。我仰起头看了看天,残阳如血。

那群人最终没能带我去派出所,不过他们走的时候说:"杨大成,你以后最好当心点儿。"我跟兄弟们每人买了一把长砍刀,打算要那小子的狗命。

结果还没来得及动手,我妈就在我的枕头下面发现了那把砍刀。那把刀被我妈埋在了外面的地里。

我不知道，埋那把刀的时候，她心里有多害怕这个儿子以后会杀人放火而锒铛入狱。

然后我妈立刻四处求人，给他们塞厚厚的红包，给我转了学。转到我们那儿口碑还不错的二中。大概，我妈是想让那群好学生影响我，起码把我影响成一个不打架的学生吧。

可是转到二中以后，念了不到半年，我就因为聚众斗殴被学校开除了。我妈什么都没说，因为她不敢说什么。我脾气暴躁，她要是敢骂我，我一定会让这个家里不得安生。

她继续到处托关系花钱，给我转学，这次转到了一所乡下的初中。我在那儿又读了一年。住校。从那一年开始，我慢慢地知道了花钱的滋味有多爽。

后来中考我没考上，分差得很多，就算花钱也上不了。最后，我以前的兄弟帮我联系了一个体育生的名额，我爸妈很高兴，终于能给我买到一个上高中的名额。

然后，高中三年，我就一直做了体育生。当时我们学校旁边有座很高的山,每天早上,我们那群体育生兄弟们都要快速上山两趟,然后环城跑两圈。我们每天下午都不上课,去操场一遍一遍地练习短跑、长跑、体操,以及各种力量训练。

现在想想,那段日子,是我青春里最有价值的了,那是我生命里朝阳初升的日子。

那时我几乎统领了我们学校的所有体育生,大家都叫我成哥。那个时候的我,请兄弟们吃饭一定得去当地最好的饭馆,抽烟也起码得抽"黑兰州"。

其实我爸妈都是农民,几乎每一分钱都得靠着两双手从土里刨,但是我不懂事。我可是成哥,我得要面子。我怎么能在小弟们面前露穷呢?

我喜欢半夜跟兄弟们翻墙出去撸串喝酒,喜欢打台球和调戏小姑娘,喜欢在半夜里带着兄弟跟那个小县城里的小混混们打架。喜欢听大家毕恭毕敬地叫我成哥。喜欢跟我妈说我上周拿走的两千块钱又被偷了。

当时我弟弟上初二,我弟弟是个特别乖的男生。有一次他们班里有个男生看我弟弟老实就欺负他,被我无意中知道了。

那天下午我带了二三十个壮汉，把欺负我弟弟的那个男生堵在了一个巷子里。其实我没怎么伤他，我们一圈人围着他，每个人手里拎把刀，不过我们没砍他，拿刀是为了吓唬他，我们只是用拳头收拾了他。

我们连着堵了那个男孩儿三天。他就辍学了，听说他打死都不来学校了。

我弟弟说，自从那事儿发生以后，他们全校的男生见了他都是笑容满面、礼让三分。

我虽然嘴里没说什么，但是心里挺得意的。后来到了高考，我没考上。我妈想让我复读，我打死都不复读。我跟她没日没夜地吵，用最难听的话骂她。后来战争愈演愈烈，在一个没有月亮的夜晚，我爸狠狠地打了我一巴掌，我举起拳头准备打他，但最终我还是放下了拳头。跑了出去，离家出走了一个多月。我妈和我妹千方百计地找我，一直没找到。

其实那一个多月，我在我一"朋友"家的小煤窑里打工，每天吃东家吃剩的菜，每天从早到晚干最苦的活儿，最后还被克扣了工资。

这些事儿我从来没跟家里提过，我觉得自己是英雄。英雄选择的路，再苦再难，也得咬着牙不后悔地走完。就在我妈快要放弃让我复读的念头，准备等我回来就让我去社会上打工的时候，我联系到一个三流警察学院的入学名额，只要交钱就能上，听说毕业了以后拿到警官证，就能当警察。我妈自然很高兴，满心欢快地拿了钱就把我送进了那个警察学院。

我在那个学院里念了一年时间。我学会了去健身房，学会了请兄弟们去KTV里通宵，学会了泡妞。学会了吃很多高档的菜。唯独没学会，珍惜父母的血汗钱。

那一年我不知道自己花了多少钱。后来我妹告诉我说，那时家里为了供得起我，已经卖了好几头正值壮年的奶牛。每次我一开口要钱，我妈心里就咯噔咯噔地害怕。因为我的口一张，通常都是几千。那几千块钱，我爸我妈要在地里弯腰弯多少次，要送掉多少斤牛奶才能挣得来，我从来都不考虑。我只是快活地享受我的青春。

我妹还说，那时我妈为了能多挣点儿钱，只要有人订牛奶，我妈就给送。不管是六楼还是七楼，也不管奶户家有多远，她每天早上四点就起来，骑着自行车，挨家挨户地给奶户们送牛奶。很多时候，我妈好不容易爬到六楼，把牛奶刚递给他们，还没来得及转身，他们就迅速地"啪"一声关上了门。

很多个冬夜里，寒风刺骨，我妈骑着自行车送牛奶，都差点儿被喝醉酒的大车司机给撞了。

在那个警察学院念了一年以后，我不想念了。因为我发现原来班里的学生都是有后门的，他们一毕业就稳稳地有好工作等着，而我自己一毕业什么都没有。

然后，我爸妈只好决定送我去当兵。我们那儿当兵也不是随便就能当的。我爸妈再一次找了很多人，送了很多礼，花了很多钱，费了很大周折，才终于把我送上了去新疆当兵的火车。走的那天是我爸和我妹妹送的我，因为我妈得去送牛奶。那天我爸和我妹都哭了。

在新疆当兵一年多以后，我又不想当了。那儿太苦了，冬天雪下得半人厚，还得干很苦的活儿，晚上还得站岗。我得了重感冒。我打电话回去的时候，我妈一听我感冒着的嗓子，心疼得受不了，然后就又一次找人，送钱，想让上面把我调到一个好点儿的地方当兵。那一次总共花了两万，加上无数次的送礼请吃饭，才把我从新疆调到了青岛。

到了青岛以后，我被分配进了一个干休所。我妈终于放下了心，以为这下我终于可以安心舒服地当兵了。

我的确心满意足了两年,可是后来我又不想在那儿待了,因为干休所里工资不高,除去吃穿用度,每个月只有两千,而我交了个大学生女朋友。

她是个好看的姑娘。而且很会穿衣打扮,一点儿都不俗气。她如瀑的长发披在肩头,就像春天刚发芽的柳树一样美丽。她的皮肤很光滑,胸脯白皙柔软,在床上的时候,我最爱一遍一遍地抚摸她的身体,她身上淡淡的体香和那娇弱妩媚的呻吟总是能轻易就让我全身血脉贲张。

那时候我想给我的女朋友最好的,我每个月挣两千,我会给她打过去一千,剩下的一千还债和给自己买衣服。当然,从小到大,我屁股上的烂账就没理清过。而且她是大学生,我不想让她同学看到她男朋友穿衣没有品位,于是我也给自己买高档的衣服和鞋。每逢节日的时候,我也都会给她买很贵重的礼物。有时候自己手头紧,我就给家里打电话,用各种借口委婉地暗示让他们给我打钱。他们心疼我,每次我要是要两千,他们起码会打过来三千。

我欠的债越来越多。那时我想挣很多很多钱,我觉得我欠那么多债都是因为我待在这个小小的干休所里挣得太少,这太委屈我了。我不该是一辈子窝在这儿的人。

所以后来，尽管我妈歇斯底里地生气和哭喊，甚至以命要挟，我也还是擅自从部队里出来了。我给自己办理了复员。我没理我妈，我想，燕雀安知鸿鹄之志？

走进社会的那一刻，我的心里充满了神圣感和骄傲感，我终于脱离我妈的束缚了。我终于能施展自己的本领了。我觉得我一定前途不可限量。

但是，摸爬滚打了两年。我还在自己租的地下室里每天吃泡面。我已经瘦得皮包骨头了。不过，不管多难，我都坚持每个月给我女朋友打过去一千块钱。只是那时候我跟家里彻底决裂了，所以节日的时候也没脸再跟我爸妈要钱给她买礼物了。

二十八岁那年，我用命去疼的那个姑娘，还是离开了我。我不怨她，我知道，两个人有多少缘分，走多少路。

其实她是个好姑娘。我知道她喜欢会弹吉他、会唱歌的男孩子，她爱画画、爱看书，可是我五音不全，不会唱她爱听的《董小姐》。我从小到大没听过一节语文课，我不爱看什么鲁迅、史铁生，我只爱在健身房里挥汗如雨。而且我的银行卡上一分钱都没有。

我们谈了三年异地恋，到最后的时候，我们已经没有任何共同语言了。每周一次的例行电话，不用开口我们就知道对方会说什么。因为来来去去无非就是,吃饭了吗?这两天课多吗?给家里打电话了吗?那行,我去洗衣服了。唯一能让我们微信上的聊天内容超过十分钟的,就是幻想一下下次见面的干柴烈火。可是,干柴烈火这种事儿,偶尔提提就行,总说也就没意思了。

她是个明事理的姑娘。分手的时候,她说:"我特别感谢老天爷,给了我这么好的初恋。我知道你对我好,我知道你爱我。你就像一碗养胃的白米饭。我从刚开始学会吃饭,老天爷就给了我你这碗米饭,我吃了三年的米饭,所以这三年我长得很健康。没有生过什么乱七八糟的病。可是,我一想到之后的几十年,我要日复一日年复一年地吃这碗同样的白米饭,我就觉得人生特别绝望。我想,如果现在不走,那么等到要嫁给你的最后一刻,我也一定会逃婚的。我知道,这一次离开你,我就再也回不了头,外面的世界可能凶险万分,可能会有男人骗我,可能我会遍体鳞伤,但是,我还是想去经历一番。我不想吃白米饭了,我想吃点儿别的。哪怕会拉肚子,我也想试试。对不起。我真的要走了。"

看完这段话的时候,我的心里充满了绝望。我知道,我要永远失去她了。其实我挺感谢她的,没有到最后一刻再逃婚。那样的话,我和我的父母就会颜面尽失。

而且我知道,她已经二十六了,可是我还是什么都没有,即使她再爱我,也不能跟着我。跟着我,她怕自己没有未来。

她是个好姑娘。没经历过坏男人,我希望她吃点儿火锅和烤串以后,最终能遇到一碗有趣的白米饭。这碗白米饭会让自己变成蛋炒饭,也能让自己随时变成很多口味的盖饭。希望这碗米饭千万不要像我一样,都没为她的后半生存点儿米。

她离开以后,我就回家了。我知道,不管我走多远,家门永远为我敞开着。我回家的那天特别冷,零下十几摄氏度,寒风呼啸肆虐,我看到我妈坐在路边卖牛奶。行人匆匆,每个人都加紧脚步往温暖的地方赶,只有她一个人无比坚定地坐在小板凳上,裹着那件穿了很多年的军大衣,头上顶着一块旧头巾,等着有人来买牛奶。

那一刻,我在公交车里泪如雨下。这些年,我妈为了给我转学,为了让我当兵,为了让我能念成书,别走歪门邪道,为了供养我的大手大脚,她到底看了多少脸色,到底吃了多少苦。而我出来挣钱五六年了,竟然一分钱都没给过他们。反而一次一次地,跟他们老两口要钱。有我这样的儿子。她难道不觉得心冷吗?

回家以后,我拔光了自己身上所有的刺。接受了我妈给我安排的一切。我对媳妇只有一个要求,就是她要心地善良、孝顺我妈。我想起来有一回,我那时候还在新疆当兵,我在微信上跟我妹说了一句,不管我走到哪儿,咱妈都是我这一生最惦记的人。后来我妹告诉我,她把这句话告诉了我妈。很多年没有流过眼泪的我妈,那一刻当着我妹的面就笑着流泪了。

大概,有我的这句话,她就觉得自己不管做什么都值了。我妹告诉我,当初在寒风里骑自行车送牛奶送了几年以后,我妈的腿受了寒,就再也没好过。她的腿弯不了了,蹲不下去。可是,每年的农活,还是得一点儿不落地干。蹲不了,她就总是撅着屁股干活。挣到的钱,还得存着以备我随时的狮子大开口。

我妹还说,我在外面当兵的这些年,每年的除夕夜,我妈都闷闷不乐。她总是会说一句:"我的大儿子最可怜了,一个人在外面,不知道今晚他有没有吃到好饭,他有没有觉得孤单。"

行了,不跟你们唠了,我的胖媳妇做好我最爱吃的红烧肉喽!明天我表哥结婚,我的傻老婆啊,就知道给我买衣服,从来都舍不得给自己买衣服。一会儿我一定要带着她去给她买两身好看点儿的衣服。

其实这样的日子,也还不错。我想告诉天下每一个浪子,请你回头看看。看看你的老母亲,看看你的前半生。

世界从来不美丽，
但你可以让自己美丽

　　　　　　　／德鲁伊

这个社会没有让你认同欲望，
它只是制造了些欲望，
只是你趋之若鹜而已。

小时候，想改变世界；长大了，立志改变国家；再成熟些，想着改变家庭或是团队；最后将死时才明白，能做到的，只是改变自己。

这算是流行了几年的话。这是多么痛的领悟啊，直接而充满故事。想想那些鸿篇巨制，歌剧戏剧，史诗般的巨作，其实想来莫不如此安排情节。就是从古至今的故事，最痛彻心扉的悲剧，让人皆大欢喜的喜剧，其实也无非是这个节奏和安排，都是按照这句话的节奏编写，改变世界到改变团队，以及到最后发现需要改变自己，再最后就是努力改变自己。

其实人生最后要明白的，不是你如何改变，而是你如何不被改变。

我被谁改变了？谁又成了我？你扮演了谁？还是你设计了自己？从什么时候开始，夜深人静时你害怕面对自己？

这个城市，这个时代，黑夜是欲望的遮羞布，灯红酒绿是消解寂寞最好的利器。但及至独自面对自己，夜总是让人有点恐惧。你可以面临任何的人世沧桑，却不敢静下来面对自己。你有无穷多的理由去做一些事情，却没有任何一个理由说你不选择这个不属于自己的人生。这个社会没有让你认同欲望，它只是制造了些欲望，只是你趋之若鹜而已。

是什么让你恐惧，是什么让你离你自己越来越远？

因为你学会了表演？世界没有原本应该是什么样子一说，或许只有你经历拥有和失去后，才明白你原本应该是什么样子。可惜你的经历，纯属是一种尝试的时候，你离自己不是近了，而是远了。你的欲望不是攫取，而是怕被抛弃。没有谁愿意扮演谁的角色，但是却会因为恐惧，宁可把自己演成一个既定的角色。差评与我无关，只跟角色设定有关，好评那一定是我演得出色。最好，前边有谁演过，我可以依葫芦画瓢，演起来得心应手，悲喜都与我无关。戏如人生，人生如戏。

因为你学会了追逐？世界从来不美丽，但你自己觉得，可以让自己美丽。因为那么多的目标，那么多的成功，那么多可以量化的车子、票子、房子。你总是告诉自己，什么样的人生属于你，是你应该的，虽然比照得有模有样，你却从来不想，一定要把那个鲜活的自己装进那个华丽丽的铠甲吗,一定要拿最庄严的词汇给自己贴上标签吗?

某个东西你不拥有,就不能验证你自己的存在;某个信息你不知道,就说明你已经被时代抛弃;没有心灵鸡汤或是鸡血,你就无法面对这个世界。

于是,你人生有了目标。你告诉自己,不是有追求才有目标,而是有目标才有追求。你不知道你要过什么样的生活,但你要过那个值得你羡嫉的人的生活。这个世界最无聊,只给你简单的目标,来掩饰它最大的恶意。这个社会要么让你自鸣得意,要么让你作践自己,只是为了让这个世界完整地控制你,你选择了背离自己。

不缺信息的时代,更不缺乏信仰。我们把别人的成功当作自己的信仰。当别人的成功成为自己的信仰时,他人的财富和他人的生活也成了我们觊觎的全部。

你总是那么善于比较别人的生活和你的不同。于是你那么热衷于开始学会复制别人的生活,捕猎别人拥有的东西。人生一扇扇的门,一个个的路口,你不做选择的时候,自然有那些你渴望扮演的角色帮你选择。你不独自直立着,自然会想依靠着谁去过活。你的信仰竟然是让你选择远离自己，那信仰还有什么用？

你怕被整个世界抛弃，于是把自己幻化成一种承诺、一个担当、一个责任。不想辜负过去，不想恐惧未来，最舒适的方法是离开你自己。其实，你人生最怕的，该是自己。不是孤独让你成为别人，与某些人相拥取暖，而是你总拿着需要扮演别人才能更好地活下去这个理由，教会自己离开自己。世界不会抛弃任何人，但你打着怕被世界抛弃的理由，选择了抛弃自己。

你终于学会了逃避。欲望要逃避，世界要逃离。因为你背对你自己，再圣洁的咒语，再神圣的净土，承载的也无非是一个怯懦的你。清心寡欲，眼耳清净，皈依一切可皈依的，离苦未必得乐。最不济，让欲望代替选择，让自己在欲望里学会巧妙布施，任凭其燃烧自己消耗欲望，那么等欲望完结的时候是不是就能做回了自己？

这个世界制造欲望，但不制造理由。但因为你离自己越来越远，所以你可以说，现在肆意妄为的自己不是自己，真实的自己正在远方摇曳多姿，圣洁优雅。

其实你的人生选择角色扮演也好，选择害怕自己也好，选择寻找理由也好，恐惧被抛弃也好，怨怼世界也好……你选择太多的"被改变",于是你离自己越来越远。不要问为什么离自己越来越远,因为你自己愿意。把自己交给世界,让自己被改变,总比让你承认世界很公平,对你从来不会含情脉脉好得多。选择离开自己,选择被社会的欲望刀砍斧凿自己,虽然这个结果不好,但起码你还能笑着面对,哪怕背地里默默流泪,慨叹自己远离了自己。

还好,你知道你离自己越来越远,内心悲愤,外表无奈;还好,你知道你离自己越来越远,外表淡然,内心躁乱。

"流觞"偏偏是一个茶舍。

竹间有径,鹅卵石起起伏伏。池里沉着瓮,一些莲花开着。廊里竹帘都挑起来了,梅已漫枝绿浓,躯干虬展,偶尔有几枝探进廊里。一幅线描的弥勒,雅士高卧,俗人箕踞。

茶到该换的时候,朋友问:"这十年,你最大的庆幸是什么?"

"我还是我。"

如果一个拥抱就可以原谅一切

/猫语猫寻

没有怪罪又哪来的原谅,

如果真的怪罪,

一个拥抱又怎能原谅这如落花般的过往。

1

我慌忙扔掉手中的烟头站了起来向机场里走去。

在很远的那个转角,他还只是一个不规则多边形的点时,我已经认出了他。

这个全新的机场有着长度堪比全国大部分机场的接站口。五年来机场已经换了,我接的人可能还是那个他,但也许已经不是了。

五年,多么艰难的五年啊。

大学毕业,这个别人都在分手的时期,我和他决定开始恋爱,只是幸运又不幸的我们都在还没有毕业时就已经找到了工作。他将前往炎热的武汉,我将赶赴有海风拂过的深圳。

散伙饭那天,他帮喝得烂醉的我拎着背包,轻轻地拍着我的背,我边蹲在路边呕吐,边含糊不清地说着谢谢。

"你喜欢我吧?"我听到他说,那个声音就像海的呜咽,很近却又听不清晰。

"什么?"我像是被电击一般站起来,慌忙用袖口擦着嘴问道。

"叶云说的,说你一直喜欢我,可是一直不愿意和我说。"他皱着眉头说。

"哦,哈哈哈!这个小贱人,我编故事的,你别信她。哈哈哈哈,你也知道我写故事赚钱的嘛,一直单身像什么话,总要编个故事给她们听,让她们觉得姐也是个有故事的人。宿舍里全都恋爱,我再没个喜欢的人那多LOW啊,你刚好没女朋友可以利用一下。"我一紧张就会滔滔不绝,停不下来。

"哦,这样啊,我还以为是真的,一阵高兴呢。"他挑挑眉说道。四年的死党,他怎么可能看不出来我的囧态。

不知是喝多了酒还是真的脸红了,我脸一阵发烧,心里装后悔药的瓶子被全部打翻,也无法淹没我的悔意。我转过身,想用呕吐来掩饰一下。

"那我喜欢你怎么办?"身后传来他的声音。我心里的一百多头小鹿跳得很是欢快。

眼泪有点儿不听使唤。

"你倒是说话啊。别假装吐了。"他扳过我的肩,看到我满脸的眼泪,愣住了。

"都毕业了,后天就各奔东西了,你在武汉,我在深圳,说什么都迟了。还不如大家都放在心里呢,你说出来干什么啊。呜呜呜呜。"我不由哭出了声。

从大一一进校门第一次看到来接我的他,我就知道我注定要沦陷了。如果这个世界真的有我的白马王子的真人版,那就非他莫属:短短的头发,黝黑的皮肤,俊俏的脸庞,可以成为校队篮球中锋的修长身高。他伸出手说:"你好,我叫向南,受班主任委托来接我们美术班的才女。"

我愣愣地伸出手,握了握,手心都是汗:"我叫安静,安静的安,安静的静。然后,我……我其实不太安静。"说话都有点儿结巴。

"哈哈哈,你比我逗多了,太可爱了。"他大声地笑着说。

……

从那天开始我们便成了死党,一起泡图书馆,一起写生,选修课选一样的,参加一样的冷门社团,大二的时候我还帮他给校花写过情书,陪着被校花拒绝的他喝到吐,只是我酒量实在不济,最终被失恋的他背回宿舍,这事被他足足笑话了一个学期。

大学平淡的生活因为他而变得色彩斑斓,我把所有的情愫都压抑在心底。我觉得不说出来就不会有人知道,可我无法掩饰帮他写完情书第二天红肿的眼睛,也无法掩饰看到他的眼睛里浓烈的忧郁。

毕业了,我以为四年过去了,一切就都结束了,可是没想到竟然在我第二次喝到吐的时候,被他紧紧地拥在了怀里。

我听到他说:"傻瓜,在爱情面前距离有什么可怕的。"

2

我们的热恋期仅仅维持了三天,便离开了学校所在的城市各奔东西,心中和脑海里满满都是他,我们被扔在了相距1077公里的两端,开始了无穷无尽、没日没夜的思念。

两个月后的周六,他从武汉连夜坐火车赶来,我站在接站的人群中,等待着到达人群里可能会出现的他。

刚分别我们每天通电话、视频,进聊天室一起画黄漫,我们列举着所有想要见面的时候一起做的事:

他说他想和我一起去尝试一下广东的早茶。

我说我想和他去看午夜场的恐怖电影。

他说他想要拉着我到海边散步。

我说我想和他一起去欢乐谷玩一次过山车……

这两个月,我把我们说出来的想要一起完成的事情都记在笔记本里,足足记了十几页之多。

我们在车站拥抱，我们旁若无人地接吻，那撕心裂肺的想念，让我忍不住想要把自己嵌入他的身体。两个月，多么漫长的两个月啊。

我带他去了我租住的小屋，我们一刻也不愿浪费地黏腻着，我看不够他，他抱不够我。我们可以什么都不干，只是傻瓜一样地痴望着彼此，也可以滔滔不绝讲述着这两个月的生活和遇到的人，直到已近黄昏，暗下来的房间和咕咕叫的肚子提醒着我们，之前计划的今天要去做的事还一件都没有做呢。

我们手拉着手去楼下我经常光顾的小店里吃饭，因为他一定要吃我平时吃的东西。

老板娘看到我，笑着问我："男朋友啊？"我有些害羞但很又很骄傲地点点头。老板娘的笑容好似填满了我所有的虚荣心，我笑着看他，幸福在我和他的眼中流转。

如果可以每天都能看到他该多好，就算每周能看到他一次也好啊，我突然想。

第二天，我带他坐了我上班的公交车，常去吃饭的快餐店、超市，还有我公司的大楼。两天的时间短得像一次深呼吸，他要坐周日晚上的航班回武汉，我站在机场安检口看着他的背影，眼泪从眼中不断地溢出，他放弃排了一半的队，过来拥抱我，他帮我擦着眼泪说："我很快就会再来看你的，很快。"他吻住我，我的手放在他的胸口，他的心跳告诉我，他和我爱他一样爱着我。

3

我们谁也没有预料到第一次的分开之后，我们直到半年之后才能再见。

他妈妈突然病倒了，所有的周末和业余时间他都回老家去照顾她。思念被鲠在喉咙，变成了一颗一颗石头，吐不出又咽不下，我想要去看他，可是我一个月只有一个双休，有时加班太忙，甚至连休息都要放弃。刚进公司，我没有机会请假，也开不了那个口。

以前我们每天一两个电话，晚上还会视频，可当他回了家就连着两天没有任何音信。我的休息日，也没有他的任何消息，我开始焦躁不安。如果明天我死了呢？如果明天世界末日了呢？在末日的前一天，我最重要的那个人没有任何音讯，这样的想法让我窒息，痛苦从心底蔓延到全身。可是我什么都不能说，因为他不是故意不与我联系的，他面对的是病重的母亲，我怎么可能在这样的时候抱怨什么呢？

他告诉我他所有的忧虑与不安，他甚至在电话那头哭过，可每当电话挂断，我总会长长地叹一口气，他的电话没有给我一丝一毫的安慰，甚至无法让我真实地感觉到他。我开始抽烟，好似那吞吐出的烟雾，可以代替他来陪伴我。

对他的思念在那段时间里夹杂着太多复杂的情绪，一时间我竟然不知道要如何分辨幽怨和爱、痛及愉悦。白天我拼命地工作，用忙碌来救赎自己；可到了夜晚，我就只能举手投降，我甚至开始羡慕那些失恋的人——起码他们不像我这样悬而未决，不像我这样总是在失落与思念之间挣扎和纠结。

在深圳我没有什么朋友，每天的朝九晚五像是一只温吞却力大无穷的巨兽，吞噬着我对这段爱情的热情。没有他音信的周末，我泡在图书馆看各种治愈系的书，可是突然有一天，我不敢再看下去了，那些文字带给我的虚假的平静感，正在让我的心一点儿一点儿地远离他。尽管让心靠近他是如此痛苦，可是我还不想放弃。

4

叶云的到来，就像冬天里突然降临的暖阳，让我的心在冰雪里感受到了一些温暖。她变了很多，比上学的时候要瘦一些，妆也恰到好处。望着她渐渐走近我的身影，我想，她也许再也不是那个曾经和我在操场手拉着手一起散步的丫头片子了。可是当我看清她的微笑，我又释然了，那灿烂如花的笑颜，已经无须解释，我们依然如旧——懵懂如初。

我们用一整个下午的时间叙述着彼此的生活，吃饱喝足走回我住处的时候，她问起了向南。我忍不住皱了皱眉头，本想轻描淡写的我，已经无法挽回地出卖了自己。

听完我们的事，她长长地叹了口气。

"异地恋啊！真是煎熬。"一句简单的评价却道尽了我的苦楚。

"谁知道这样的日子我还能坚持多久。"我点燃一支烟，小声地说着。

叶云来深圳是参加一个公司组织为期一周的大型培训，那一个星期我们每天都待在一起，她说她还不想恋爱，尤其是看到我的状态，更是对恋爱有些望而却步。送她离开的时候，她抱了抱我说："年轻的时候确实应该好好恋爱，可是你要爱惜自己啊，你看你这也太瘦了。"

我笑着看着她，不知道该如何答话。她说我变了很多，变得沉默寡言了，变得没有以前那么逗乐了，好像成熟了，却又仿佛越发迷惘了。

迷惘——是我与向南分开日子里的常态，我不知道现在的自己要如何，更不知道未来我和他又能走向何处。

叶云走了之后，我们比之前联系得更加紧密了。她会时常打电话给我，因为她很清楚我的性格，关于向南的一切，我也只愿意与她讲而已。

相反，和向南的联系反而变少了。之前每天，如果他不打来电话我也会打电话给他，可是从那之后，我开始想要控制自己，我不想让他知道我对他的思念里间杂着这么多的痛苦。所以我们从每天一个电话，变成了一周两个电话，而视频则再也没有过了。

叶云说，这可能才是恋爱的常态，只是我知道，在我的心里，这段恋爱已经开始有了裂痕，至少我不会像一开始那样全力以赴了。

5

半年的分别之后，向南因为出差，不得不来深圳了。这样的原因多少让我有些难过，毕竟半年了，半年说长不长，说短不短，但可以发生很多事。尽管我们通过电话了解彼此的生活，可是却依然会有很多的事情是我们无法用语言告诉对方的，这些都变成了一块块砖瓦砌在了我和他之间。

我等在机场的登机口，飞机延误了两个小时，两个小时里，我设想了很多个见他时的场景，也许我会哭吧，也许我们会紧紧地拥抱吧，也许他会吻我吧……只是最终见面时的景象却出乎我所有的意料，我没有哭，他也没有吻我，我们也没有拥抱。

他对我微笑，脸上满是倦容，而我傻傻地站在那里，不知道做何表情。我突然想到叶云的话：也许这才是爱情本来的样子。

他走过来牵起了我的手说："你瘦了好多。"

我笑了笑，突然觉得无措，开始的寒暄让我觉得陌生，我一时间好像没有什么话要对他说。那松松拉在一起的手，好像随时都有可能会分开似的。

他出差只有三天，参加一个培训，他住在公司订的酒店，因为离他培训的地方近，但和我相隔很远，坐车要一个半小时，我送他到酒店，帮他简单收拾了一下，就匆匆往回赶。他将我送到了电梯口，没有留我。

当时我们部门正在赶一个项目，每天加班。第二天，当领导拒绝了我的请假申请时，我竟然有种轻松感。这样的轻松感，吓了我一跳，如果和他待在一起让我感觉到压抑的话，那我这半年的痛苦又算什么呢？

这半年之后的相聚，只是匆匆的一面，连个像样的拥抱都没有发生，他就离开了。

我开始不安起来，我们已经站在分手的边缘。他那句"爱情面前距离有什么可怕"的宣言越飘越远，我不由觉得，距离确实是可怕的，它让两个曾经如此熟悉，如此相爱的人变得那么陌生又那么疏离。

三天后，他飞回了武汉，我看到他登机的短信时，他的手机已经关了机，错过可能是分开的预兆。我放下手机叹了口气。

6

我们失去了联系，与其说是失去，不如说不知道要如何开始联系，我没有收到他的短信，也不知道要写些什么话给他，每次拨好的号码，却又无法按下呼出键。

每一次听到电话响起我都飞快地查看，可看到屏幕上那闪烁着的名字不是他，我又忍不住地失落。我幻想着他也许和我一样。如果一样的话，我是不是应该果断地打一个电话给他，可是如果他并不是这样呢？

我无比厌恶为这些小事纠结着的自己，可是却又无法抑制地这样纠结下去，和他在一起的每时每刻已经在脑海里上演了千百回，和他的每一条聊天记录也都看了很多遍，却没有勇气发出一个"嗨"，甚至一个表情。生怕这样做会给我们的关系带来一个果断的结束。

每一次看到他的QQ头像亮起，总是会袭来一阵压抑。这样的压抑像是一只大手，紧紧地攥住心脏，挤掉里面所有的空气，缓过劲来才发现眼泪已经夺眶而出。

这样的失联比痛快的分手要折磨人，因为好似在等待一个开始，又像是在等待一个结束，到最后你也不知道你等待的到底是什么。

公司一个新来的同事，约了我几次，我都拒绝了，最后告诉他我有男朋友了。发出那条短信时，我一阵失神，没有果断地分手，我就真的是有男朋友的吧！可是那个男朋友却在不知不觉间失联了。

一开始，叶云打电话会问起我和向南的情况，后来因为每次答案都是"没有联系"，她便不再问了。终于有一天她憋不住了，问我，要不要她打电话去问问，我果断拒绝了。可挂了电话后，我又有些后悔，也许她去问问，会有个答案吧，而有个答案，总比现在这样僵持强。这样僵持着实在没有什么意义，又或许僵持着的人，只有我一个吧！

7

"是我。"他说。

"嗯！"

"你好吗？"

"挺好，你呢？""我也很好。"

"你妈妈身体怎么样了？"

"已经痊愈了。"

"嗯，那就好！"

……

其实一个电话的开场不会太难，接通了就可以开始，可是却维持不了多久，我们俩的沉默让电话变得异常炙热，失联四个月后也并没有很多话可以聊，等待我们的话题好似只有一个。

"昨天叶云打电话给我了。"他说。

我有点儿想哭，突然觉得这段关系连维持下去的意义都没有了，也许我不敢打电话给他，只是不想面对这个现实吧。这让我觉得压抑，不由沉默了。

"她说，你现在开始抽烟了？"

"嗯，偶尔。"

"女生不适合。"

"我知道的,只是心情不好的时候才抽。"

"最近工作太忙了,所以都没有和你联系。"

我的心里不由一堵,因为我也很忙,每天加班,可我仍然无数次拿起电话,只是我不知道要和他说些什么,不知道在他很长时间没有联系我之后,我要如何给他打一个电话,故作轻松地聊聊天。

我很清楚"忙"只是一个优雅的借口,而我和他之间,现在已经需要找借口才可以延续对话了。

我知道,有些事情还是不要拆穿会比较好。

"嗯,忙点儿好。"

对话再也进行不下去了,也许该是切入主题的时候了。

"我们……是不是该分手了?"我有些犹豫地开了口。

"你这么觉得?"

"说不定变回朋友,我们会有更多话聊!"不会像现在一样。

"是我的错,我没有好好珍惜你。"

我有些无措,不知道要如何回应。

"我就不说那些'你一定要幸福'之类虚伪的话了。好好照顾自己。"他继续说着。

"'好好照顾自己'不是也很虚伪吗?果然我们的话好像真的变多了。"

……

挂了电话,我像是脱掉了一个沉重的外衣,感觉到一阵轻松。可是,为什么会有眼泪?

8

这持续了不到一年的恋爱,如果算上我对他的暗恋,应该是五年,就这样平淡地用一个电话草草收了尾。

我想之所以我之前不愿意开口说分开，是不甘心吧。自己暗恋了四年的人最后终于在一起了，任谁都不想轻易地放手。

现在，终于分手了，只是分手时的轻松并没有持续多久，便被持续的阴云淹没了。

我时时会觉得空虚，那些思念他的时间都没有办法填补，书、电影、音乐或狂欢……最终都变成深深的寂寞，让人窒息。

我不知道要如何治好自己，一个人的时候总是会想起他——校园里的他，来深圳看我的他，他的气味和他的声音愈发清晰，可是他的脸却越发模糊。我好想再见到他，想要再看看那张在记忆里越来越模糊的脸。

可我不愿意对任何人说起我的想念，和叶云的电话里，我一直把我们的分手修饰得非常和平，好似没有任何矛盾和不快。但如果果真的没有矛盾与不快，又怎么会分手呢？

日子一天天过去，从叶云和他的空间动态里，会得知他的消息。每一个消息，都好似可以使我好不容易建立的心墙瞬间崩塌。

叶云说他病倒了，在打吊瓶。我便会想起上学时，他发高烧，我一夜无法安睡，第二天早早便买了粥去宿舍看他的场景。他会不会像之前那样一生病就只想睡觉，不愿意吃饭。

他的空间日记里说他因为出差回了学校，去了学校门口的小食堂——那个我们一起吃过无数次饭的地方，那时我们是朋友，散落在那里的时光里应该满是我们的笑声吧！那些，他都还记得吗？

也许我该出去走走，去找个地方小住一段时间，因为哪怕是回到自己的房间，我也能因为房间里他曾经触碰过的物件而想起他。

我们分手了，我们已经不再联系了，可他却仍在我的世界里保持着强烈的存在感，好似任何事情都与他有关，任何入眼之物都隐藏着他的气息。他像是一根藏在心里的针，稍不注意，就凶狠地刺进我的心脏。

我还在想念他，我还爱他，他仍然坚定地住在我的心里——这是我无法忽视的事实，只是这个事实，我没有勇气面对和承担，它太重，压得我喘不过气来。如果这就是爱情的样子，那么我一辈子都不想要再拥有它。

9

叶云说召集了一场同学聚会，聚会安排在广州，离我很近，我没有理由不参加。

十一月，北方已是初冬。记得上学时，有一年的十一月就已经下起了雪，我和向南就那样走在校园里，背后的脚印和周围的目光，都好似在证明我们是一对情侣。当时暗恋着他的我已经无比知足。如果当初我们一直那样下去，就不会有现在这样的失落和痛苦了吧。是啊，如果我们不曾在一起，又怎么会痛苦呢？

南方的十一月依然凉爽宜人，好似北方的初秋。同学聚会安排在一个粤菜酒楼的包间，里面有两张桌子。

我一走进去，便看到了坐在桌边的他。他低头看着手机，同学因为我进来的哄闹好似惊醒了他，他抬头看着我，我慌忙移开了眼，和迎上来的女生拥抱寒暄，并在外面的这张桌边坐了下来。

我一时恍惚，不知道接下来该做些什么，便不停地喝茶。旁边的女同学在大声地聊着天，我心不在焉地听着。

很自然地说起了恋爱，女同学便问起了我，我一时愣在那里。幸好叶云在这个时候推门进来，我不由松了一口气，转头一看他竟然在看我，我连忙起身大方又自然地迎接叶云。

叶云和周围的同学寒暄一遍，坐在了我的旁边，低头问我，会不会尴尬。我微笑着摇摇头，释放着在心里演练过很多遍的自然与平和。

在学校时，因为心里装着关于他的秘密，我变得内向起来，那时的内向却在这个时候拯救了我，我不需要讲太多话，也不需要去刻意地参与他们的话题。

可是就这样在熟悉的人群里保持沉默，已经让我有些累了，我拿了烟走出门去。站在酒楼门口，深深地出了口气。

"在躲我吗？"身后响起他的声音。

"没有啊。"我缓缓地转过身。

他瘦了很多，应该是因为之前的病。

"给我一支。"

我递给他一支烟,帮他点烟的手有些颤抖。

他轻轻地握住我的手腕,那熟悉的温度让我不由愣怔。

"你又瘦了好多,再瘦下去可就不好看了。"他抓着我手腕,就势将我的手轻轻地握住。

我的心不由抽痛,仰头看着路边的树梢,生怕眼泪会在不经意间滑出眼眶。

我轻轻地抽出了手,转身上楼,手指间他的温暖慢慢冷却,如果一切都能这样慢慢冷却,该多好。

10

吃完饭,我借口说第二天还要回公司处理一些事情,坐了最后一班动车回了深圳。

我害怕我会忍不住再重复和他之间的故事,好不容易画下的句号就会变成了一个可笑的逗号。

第二天下班时,电话响起,是他。

"下班了吗?"

"嗯,刚从公司出来。"

"你往左边看。"

他站在那里,仿佛怕我看不到他一般地向我招手。

我有些不知所措。

他说会在深圳留一周的时间,所以过来看我。

他牵起我的手,像什么都没有发生过,像是忘记了我们在几个月前说了分手。

我轻轻抽手,他狠狠地握住,转头面对我说:"你再躲我,我就真的没有勇气再追上来了。"

我不由停住了手,一阵委屈,眼泪一瞬间决了堤。

"你在这里哭会被你同事看到的哟,到时候你们全公司的人就都知道你的真面目了,表面雷厉风行的安小姐其实是个爱哭鬼。"

他笃定地牵着我的手,像是再也不会分开那样。

他说向公司请了一周的假,他说请假理由是要追回甩了他的女朋友,领导一听这样的原因立刻就同意了。

他还说这一年里他经历了很多事,和我分手之后的几个月里也想了很多,尤其是生病的时候。他躺在自己的出租屋里看着天花板,想如果自己就这么死了,他这一生,和我一起走过的时光占了他一生的五分之一,可是我们手牵着手经历的却不及二十二分之一,这是他迄今为止的人生中最大的遗憾。

一年的恋爱,四个月的分手,就这样都结束了。

11

分手之后的和好,像是将一切归零。只是我们的爱情,已经不像刚开始在一起时那样炙热,好似两个人已经在一起很久很久了,好像两个人从来都不曾分开过,那近一年的患得患失在他的表白之后,好像从来都没有发生过似的。

但在一起的时光终究是美好的,那曾经空荡飘零的心,被填得满满的,爱一个人应该是有很多种形式的吧,我想。

我决定坦然处之,坦然地表达自己,坦然地面对一切。

这一周他接我下班,我们一起吃饭,相拥入眠,早晨我轻手轻脚地离开我的小屋去上班,投入地工作,想着快一点儿做完手边的事,能够准时下班,见到他。

我们一起散步,我做饭给他吃,我们依偎在路边的咖啡厅里看书,我们手牵着手一起看电影……那些曾经并不美好的景致里有了他,都好像开始柔和起来了。

如果能够这样过一生,那么这一生应该是美好的吧。每次看到在公司门口接我的他时,我总会有些不太确定地这样想着。

一周的时间过得飞快,当再一次将他送进机场的安检口,我突然发现,我的心不再像之前那样失落了。我突然意识到我所有的失落并不是因为见不到他,而是一直都不太确信他对我的感情,可是现在就确信了吗?望着他消失在安检口的背影,我开始有些恍惚。

12

他用过的毛巾我放在原处,牙刷也并没有收起,插在牙具盒里的一角，摆成随时会被使用的姿势，而一起逛街时买回来的靠垫也放在他习惯摆放的床角，生怕触碰了就破坏了他留在上面的味道。

我觉得自己病得不轻，只是这样病着的我，总比那患得患失的自己要强得多，所以我纵容着这样的自己，在只有自己一个人的家里过着两个人的生活。

我们的联系并没有太紧密，像是时不时想起才会互相打招呼微笑的朋友。可是这样的平和让我很是满足，许是经历了那样的一场惨烈的失落。我开始明白恋爱本身应该是平和的，那些激烈的炙热的故事，只是爱情美丽的外衣而已。

有人说一场曲折的爱情会让人成为哲学家，我没有成为哲学家，却成了一个平和且知足的人。叶云说，我一瞬间从一个过于理想的女孩儿变成了一个成熟的小妇人，让她有些不习惯。她在电话那头的笑声告诉我，她已经不再为我的恋爱担心了。

只是我自己还是有些担心，有些害怕那个患得患失的自己会再回来，又有些害怕自己在这样的平静里，就慢慢地把爱情演绎成了一种其他的感情。叶云说，这是必然的。

13

向南在年底升了职,他说要在元旦假期的时候一起去上海玩,我订了机票,他订了酒店。看着最终的机票确认短信,我有些希望叶云说的必然永远都不要来临,因为我发现,对即将开始的行程的期待,是如此美好。

我们约定在虹桥机场会合。我订的12月31日晚上的航班,我的航班比他的到达时间晚一个小时,在到达厅的星巴克,我却没有看到他,他的手机关机,询问机场,他的航班准时到达。

那一天,我有史以来拨了最多次他的手机,可是一直都坚定地响着关机的提示音。

所有可能发生的意外在脑海里一一上演,我从一开始的担心,最终演变成了焦灼和愤怒。我拖着行李箱,在虹桥的到达厅走来走去。我突然发现,我和他之间,如果没有电话的联络,便会成为两个没有任何关系的陌生人。恋人这两个字,突然让我觉得讽刺。

我在机场旁边的酒店住下,本来想订第二天的航班回深圳，可又怕他也许是出了什么事，第二天赶过来见不到我，纠结之余又放弃了。

我在这个陌生城市的机场酒店里辗转，他的手机一夜都没有打通。

我一夜未眠，竟有些想通了，既然都来了，那么就当是自己一个人的旅行好了。我转订了徐家汇的酒店住下，像一个悠闲的旅人，去了到上海旅游的人该去的地方。偶尔看着从身边走过的恋人，我会看看手机，手机很安静，一直都没有响起。

他，依然没有消息。

14

回到深圳的第二天，他打来电话道歉，说当天公司聚餐喝多了，之后连睡了一天一夜，把这事给忘记了。

"忘记了"三个字像是一个黑色的笑话，扎得人生疼。

我挂了电话，不想再多说什么。

那三个字消磨了我对这场爱情所有的热情。如果再继续下去的话,叶云所说的必然可能就要来了吧,可是我真的还要继续下去吗?

年终与年初的交替,工作开始忙碌起来,那一年的春节来得很早。在放假前的晚上,我敲完月度工作总结最后一个字的时候,突然发现,我和他又失联整整一个月了。如果就这样一直失联下去的话,也许算得上是一个不错的结束吧。

总监说要请大家宵夜,我们寥寥数人,去了公司附近的餐厅。我没喝几杯就有些晕了,想起上次喝醉的时候,有人在我身后帮我拍背,虽然时间并没有太久,可也许是因为在这时间里塞了太多的纠结、痛苦、分分合合,让这段时间显得前所未有地长久,恍若隔世。

我们终究把这一场分隔两地的爱情,越谈越远了。

我默默地站起身走出门去,那一年的工作结束了,有很多事情也都应该结束了。

15

他从出站口走了出来。刚刚扔掉烟蒂的余温仍在,我的手指却有些冰凉。

他向我招手,只是他已经不是三年前的那个他,而我亦然。

他拖着小小的行李箱,走到我的身边。

"三年没有来这里了,连机场都换了。"

"是啊,三年很多事都会变的。"

简单的问候和寒暄之后,我们竟然都没有话讲了。

我开着车,打开车窗,CD机里放着陈奕迅的《十年》,一路静默。

距离那一次上海之旅已经过去三年了,距离他说"在爱情面前距离算什么"的那个秋天已经过去五年了,距离我第一次见到他的那个秋天竟然已经过去十年了。

十年之前我不认识他,他不认识我,十年之后,我们是朋友,偶尔问候,谁也不愿去深究那些曾经。

送他到了酒店,我离开时,他拥抱了我,轻轻地说:"原谅我。"

我微笑着离开,微笑却凝固在了脸上。我在心里默默地回应他:

没有怪罪又哪来的原谅,如果真的怪罪,一个拥抱又怎能原谅这如落花般的过往。